JN052039

35年目のラブレター

Ogura
Takayasu
小倉孝保

講談社

35年目のラブレター

目次

装幀　岡 孝治

はじめに

今年も元気で過ごせましたね。あなたに会えて僕は幸せです。


最後のラブレターの書き出しは、たしかこんな言葉だった。

今ではそれも確認できない。最愛の人のひつぎに納めたためだ。

「天国までの道すがら、読んでくれたんとちゃいますかね」

手紙を書いた西畑保さんは言う。

和歌山県の山間部に生まれた西畑さんが、小学校に入ったのは戦時下だった。家庭は貧しく、子どものころはほとんど白いご飯を口にできなかった。来る日も来る日も粥をすすり、いつも腹をすかせていた。

学校に弁当を持っていけず、汚れた古着で登校すると、級友や先生の嫌がらせに遭った。通学をあきらめ、文字を知らないまま大人になった。

日本料理の板前として夢中で働きながらも、読み書きできないことが、生きる上での障壁となった。注文がメモできず、怖くて出前の電話に出られない。街頭署名や職場の寄せ書きを避け、通夜や告別式からは足が遠のいた。記帳ができないからだ。役所へ文書を出す際は、手のけがを装い、代筆を頼んだ。選挙では白票を投じるしかなかった。

「読み書きができない者は一人前の人間と認めてもらえない」。そう感じながら布団の中で涙したのも一度や二度ではない。

何をしていても、頭のすみには「読み書き」が居座った。見合いでも読めるふりをし、デートにはわざと新聞を持って出掛けた。

三十五歳で結婚し二人の女の子に恵まれた。妻の皎子さんには、読み書きができないのを隠していた。ばれたら離婚されると思っていた。

そして、ある時自分の名前さえ書けないことが露呈する。西畑さんは覚悟した。

「別れなあかんやろな」

しかし、皎子さんが口にした言葉は予想と違った。

「つらかったやろな」

「大変やったんと違うの?」

「何で打ち明けてくれへんかったの?」

言葉には優しさがこもっていた。西畑さんの頭から、もやが消え、にごりのような感情がなくなった。

以来、日々妻に感謝しながら生きてきた。特別な信仰は持たないが、どこかの神様か仏様が自分のために妻をよこしてくれたと感じていた。

ありがたかった。感謝しかなかった。その気持ちを伝えたい。西畑さんは一念発起して、奈良市立春日中学校夜間学級(夜間中学)に入る。六十四歳になっていた。

授業の一時間前には教室に行き、白いノートに「あいうえお」と書き続けた。半年後にはひらがな、カタカナをマスターし、一年ほどすると自分の名前を漢字で書けるようになる。すらすらとはいかないものの新聞も読めた。候補者の氏名が書けるため、選挙の投票も苦ではない。ようやく一人前の人間になれたと感じた。救ってくれたのは妻だった。

夜間中学に入って七年後、西畑さんはラブレターに挑む。何度も辞書を引き、書いては直し、生涯初の恋文を完成させた。二〇〇七年のクリスマスに合わせて妻に手渡している。感謝を伝えるのに、結婚から三十六年五ヵ月の月日がたっていた。

以降クリスマスに合わせて二通目と三通目を手渡し、皎子さんが天国に持っていったのは四通目の手紙だった。

電子情報全盛の現代だ。人は携帯電話やパソコン、タブレット端末を使い、効率的に情報をやりとりする。思考や感情はデータとして瞬時に地球の裏側までも届く。

今なら、「生成ＡＩ」で「妻に感謝を伝えるラブレターを」と依頼したら、すぐに魅力的な文章を作ってくれるだろう。

一方、西畑さんは「ありがとう」を伝えるのに三十六年余の歳月をかけた。語句に間違いはあったものの、手紙は皎子さんの心を打った。

いったいどんなラブレターだったのだろう。その文面の裏にある意味を理解するには、彼の生きた時間をたどる必要がある。

ここからは本人の視点で語り、西畑さんの見てきた世界を共有したい。「ぼく」とは西畑さんのことである。それでは主人公に登場してもらおう。

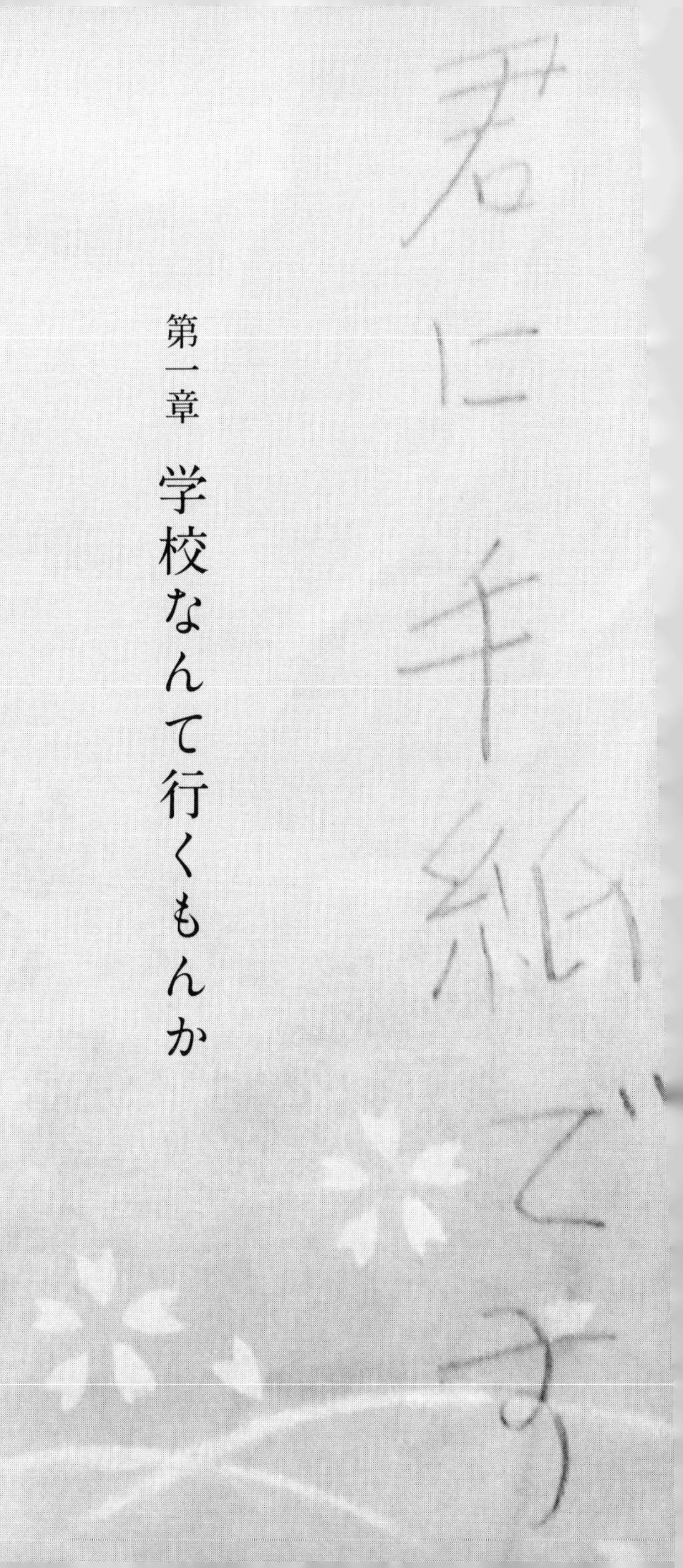

第一章　学校なんて行くもんか

ぼくは紀伊半島の山深い村に生まれた。和歌山県東牟婁郡熊野川町（現在の新宮市熊野川町）の相須という集落だ。

この半島の南部は森林に覆われた緑豊かな土地だ。和歌山、三重、奈良の三県の境界が入り組み、世界遺産「紀伊山地の霊場と参詣道」はこの三県をまたぐように広がる。

誕生日は一九三六（昭和十一）年一月五日で、調べてみると翌月、陸軍若手将校によるクーデター未遂事件（二・二六事件）が起きている。事件の直前に生まれたプロ野球ジャイアンツのスーパースター、長嶋茂雄さんとぼくは年齢、学年ともに同じということになる。

ぼくが生まれた時、父の秀光は三十歳、母のよしのは二十一歳だった。ぼくには三つ違いの姉、真知子がいた。父の先妻の子で、ぼくにとっては異母姉だ。

和歌山は古くから炭焼きの盛んな土地だ。父も炭焼き職人で、山から伐採してきたウバメガシの木を焼き、「備長炭」と呼ばれる良質の白炭を作った。二、三年もすると周辺のウバメガシがなくなり、父は別の場所に移り、そこでまた炭を焼く。

どれだけ良質の炭を作っても、売ってもうけるのは山の所有者で、父が受け取るのは手間賃だけだ。収入が少ないうえ、田んぼを持たないため米もない。ぼくたちはほとんど白いご飯を食べさせてもらえなかった。

炭焼き小屋は、相須集落の中心部から十キロ以上、山中に入ったところにポツンと建っていた。その小屋がぼくたちの家で、広さは二畳もあっただろうか。屋根や壁に杉の皮を張った粗末な造りで、トイレはなく、近くの溝に板を二枚わたし、そこを便所にしていた。風呂なんてあるはずもなく、汗をかくと川で体を洗った。

電気やガス、水道もない。ガスの代わりにまきを燃やし、水は山の川を利用した。夜の灯りは小さなランプだった。

母は朝早くから夜遅くまで、炭焼きを手伝った。ぼくを産む前日まで働き、出産から一週間後には作業に戻ったという。真知子姉さんの面倒をみながら、ぼくに乳を飲ませたらしい。

つらいのは洗濯だった。冬の山水は氷のように冷たい。炭で黒く汚れた母の手や足はいつも、あかぎれができて痛そうだった。

ぼくを生んだ翌年、母は妊娠した。お腹が大きくなり、目立ち始めると毎日のように山に入った。滝壺の近くの洞穴にほこらがあり、母はそこで手を合わせ、こう願っていたという。

「次は女の子でありますように」

母の願いはかなわず、生まれてきたのは男の子で、「要」と名付けられた。ぼくのたった一人の弟になる。母はその後、道子、すみ子という女の子を産んだ。

当時の日本は戦争が続き、人々は貧しかった。中でも土地を持たない農家や山を所有しない炭焼き職人の生活は苦しく、どれだけ働いても豊かさにはほど遠かった。

日本は中国と戦争を始めた。農村部の男性も戦争に駆り出されたため、作物の生産量が減っていく。さらに船の燃料は、戦争のために利用されたので、朝鮮半島や台湾から運ばれる農作物も減ってしまったようだ。ぼくたちの暮らす田舎にもその影響が現れてきた。

国家総動員法が公布されたのは一九三八（昭和十三）年、ぼくが二歳の時だった。あらゆる場面で戦争での勝利が優先され、国は食べ物や着るものを統制して国民にがまんを強いる。

翌一九三九（昭和十四）年には米の配給を統制するための法律ができ、自由に米の売買ができなくなった。その年の秋からは、米を節約するよう呼び掛けられた。

さらにその翌年の一九四〇（昭和十五）年六月から徐々に米、みそ、しょうゆ、塩、マッチ、砂糖、木炭など生活に欠かせない十品目について、配給切符制となっていく。切符で割り当てられた分だけを購入できる制度で、手に入る食料は極端に少なくなってしまった。

母はよく米びつを見ながら、「きょうもお米がないわ」と口にしていた。米を買えない時、ぼくたち家族はこっそり農家に頼んで炭と交換してもらう。精米作業はぼくの担当で、一升瓶に玄米を入れ、それを何度も棒でつつく。一時間ほどすると、きれいな白米になった。農家は精米に水車を使っていたが、ぼくたちみたいに貧しい家族は一升瓶と棒を使った。

白い米ができても、そのまま口に入るわけではない。イモをまぜ、水分の多い粥にした。食卓にみそ汁が出ることもほとんどなく、漬物が少しある程度だ。サンマの切り身が三分の一ほども出たら、たいそうご馳走だった。

しかも、そのサンマにしょうゆはかけられない。調味料が買えず、味付けはいつも塩だった。

「欲しがりません勝つまでは」。この標語が広まり、物はますます手に入りにくくなっていく。服や靴下も買える量が制限されたため、母は夜なべをして、穴のあいた家族の靴下を繕っていた。

各家庭には粉末しょうゆが配給された。父はそれを安酒に替え、炭焼き仲間たちと飲んだ。小屋の隅には空になった一升瓶が転がっていた。

母はぼくたち子どもには食事を与えても、自分は粥さえ食べない日もあった。ぼくはそれを不思議だとは思わなかった。母親はみんなそうしていると思っていた。ぼくはいつもお腹をすかせ、とにかく白いご飯をお腹いっぱい食べたかった。

五歳になるころには、友だちができた。五つ年上の「みなと」君だった。その名字を漢字でどう書くのか、ぼくは知らない。下の名は忘れてしまった。いつも「兄ちゃん」と呼んでいた。

兄ちゃんは相須の集落で両親と暮らしていた。ぼくたち家族の住む小屋に顔を見せるようになり、いつの間にか仲良くなった。兄ちゃんは学校に通っていないのに山や川の自然に詳しく、獣道や山鳥が通る場所を知り尽くしていた。

生き物をつかまえるのがうまく、いろんな方法を教えてくれた。ぼくたちは竹製の銛を作ってアユやエビをとり、河原で焼いて食べた。山では針金で仕掛けを作ってキジやウサギをとった。六月中旬になると、ヤマモモが実をつけ、秋にはアケビが食べごろになる。色づいたヤマモモを食べると、口の周りは真っ赤になり、甘い香りが鼻の奥まで広がった。松茸も簡単にとれた。何が食べられ、どれが食べられないかを教えてくれたのも兄ちゃんだった。

村の人たちはなぜか、兄ちゃんの家族を「泥棒一家」と呼んでいた。ぼくの父も「あの家には遊びに行くな」と言い、兄ちゃんがうちに来るのを嫌がった。

ぼくはある日、兄ちゃんと一緒に山へ入った。すると突然、すっと開けた場所に出て、大きな畑が広がっていた。こんな奥にどうして畑があるのだろう。農作業に来るのも大変だ。

大人の男が二人で葉を収穫し、きれいに並べていた。何でも知っているはずの兄ちゃんが聞いてきた。

「何をしてるんかな」

「わからへんな」

ぼくと兄ちゃんがきょとんとしていると、近くの小屋から別の男の人が出てきた。

「子どもの来るところやない。二度と来るな」

大声で怒鳴るや、石を投げつけてきた。ぼくたちは怖くなって大急ぎで逃げた。農作業を見ているだけで、どうしてあれほどの剣幕で怒られるのか。兄ちゃんは明らかに動揺し、ぼくも頭が混乱した。

家に帰っても心臓のばくばくは収まらない。父に話すと大声で怒鳴られた。

「あそこは、子どもの行くところやない。二度と行ったらあかん」

しばらくして兄ちゃんが、どこからか、あの畑の謎を聞いてきた。

「保ちゃん、あれはたばこの葉なんや」

「たばこの葉を見たらあかんの？」

「たばこは勝手に栽培したらあかんのや。ばれたら逮捕されてしまう。あの人たちは内緒で作ってるんや」

たばこの製造や販売は国が管理し、葉たばこを勝手に栽培するのは違法だった。大人たちが緊張するのも無理はない。ぼくの父も葉たばこを自分できざみ、それを紙で巻いて吸っていた。きっと密造たばこだったのだろう。

厳しい冬が去り、山の空気に春のにおいが混ざり始めたころだった。兄ちゃんはぼくを山に誘った。

「雁皮の皮、探しに行かへんか」

雁皮は高さが二メートルほどの低い木だ。皮は虫に食われにくいため「紙の王様」と呼ばれ、古くから高級紙・越前和紙の原料になってきた。地元の山には雁皮が多かった。

枝から皮をはいできて、これを乾燥させると、仲買人が買ってくれる。村の大人たちは雁皮を見つけては、皮をはいでいた。そのため人目につく雁皮はすでにはがされていた。ぼくは兄ちゃんに聞いた。

「雁皮なんて、どこにあるの？」

「がけの方に行ったら、見つかるんや」

「危ないところなの？」

「大丈夫や」

「どうやって売るの？」

「買いに来る人がいるんや。うちの家族はその人を知ってる。保ちゃんの分も売ってあげるわ」

ぼくは兄ちゃんと二人で山を歩き回った。くたくたになっても見つからない日は少なくない。それでもたまには、がけや岩陰（いわかげ）で雁皮（がんぴ）が見つかる。根元から皮をはぐと、子どもの手でもするっとむける。まるでカワハギのカワをむくような感覚だった。

兄ちゃんは雁皮を見つけるのも天才的だった。調子のいい日は、ぼくたち二人で二十本ほども見つけた。

はいだ皮は兄ちゃんが家で乾（かわ）かし、一週間もするとパリパリになる。

「この間の雁皮売れたで。これが保ちゃんの分や」

業者に売ったお金は、兄ちゃんとぼくで折半した。初めてもらったお金は一円札で十枚もあった。自分でかせいだ初めてのお金だった。ぼくは誇（ほこ）らしい気持ちになった。

「兄ちゃん、また雁皮を探そうな。約束やで」

兄ちゃんはうなずいた。

ぼくは家に帰って布袋（ぬのぶくろ）にお金を入れ、それをお腹（なか）のところに隠（かく）した。父にも母にも話さなかった。ばれると取り上げられ、父の酒代にされると思った。

このお金でいつか、バスに乗ってみたかった。新宮の町にはきれいな服やおいしいものがたくさんあると聞いていた。雁皮でお金をためたら、兄ちゃんと二人でバスに乗るつもりだった。

小学校に入学したのは、一九四二（昭和十七）年四月だった。その四ヵ月前、日本軍はハワイの真珠湾（パールハーバー）を奇襲し、アメリカやイギリスと戦争を始めていた。

家にはラジオがなく、新聞もとっていなかった。そのためぼくたち家族は開戦のニュースを父の炭焼き仲間から聞かされた。

和歌山の田舎では、戦争を感じることはなく、いつもと変わらぬ静かな日々が続いていた。家族は相変わらず貧しく、ぼくたちはいつもお腹をへらしていた。

学校は熊野川町立宮相小学校（現在の新宮市立熊野川小学校）だった。ぼくがこの学校に入る前の年、全国の尋常小学校は国民学校になった。教育制度を戦時に合わせるのが目的で、ぼくたちが学校で学ぶのは、国に忠誠をつくす人間になるためだった。

炭焼き小屋から学校までは約十二キロもあり、通学には片道三時間ほどかかる。それでもぼくは、新しい世界に飛び込むのが楽しみだった。小屋の周りに家はなく、友だちもいなかった。ぼくが遊べるのは弟以外には、「みなと」の兄ちゃんだけだ。学校に行けば、友だちがたくさんできる。そう思うと胸が高鳴ってくる。

入学式の前日、真知子姉さんが自分の鉛筆を一本、くれた。きれいに削ってあった。姉さんは小刀で鉛筆を削るのが得意で、友人からも頼まれるほどだった。

当日は午前五時に起きた。いつもと同じ薄い粥を食べ、姉さんと二人で細い山道を歩いた。母も父も炭焼きに忙しく、入学式には来てくれなかった。

式では、モーニングを着た校長が天皇、皇后両陛下の写真をうやうやしく頭の上に掲げるように持っている。背が低いぼくは、列の一番前でそれを見上げ、奇妙な気がした。炭焼き小屋には天皇陛下の写真もなかった。

担任は若い女の先生だ。教科には国民、理数、体錬、芸能の四つがあり、国民では国語や地理、歴史、修身を学ぶ。修身とは、教育勅語の精神を叩き込まれる授業だ。理数では算数と理科、体錬は体育、芸能では図画工作や習字、音楽を学ぶ。

国語ではまずカタカナを習った。教科書には満開の桜が描かれてあった。先生は黒板に大きく字を書き、教科書を読み上げた。

「サイタ　サイタ　サクラ　ガ　サイタ」

ぼくは家で字を習っていない。父は読み書きができたが、母は字を知らなかった。家に本は一冊もなかった。文字とは無縁の生活だった。教科書の文字を読み上げていく先生の声を不思議な気持ちで聞いた。興味が湧き、字を覚えたいと思った。

先生が「サクラ　ガ　サイタ」と書くよう、子どもたちに言った。みんなはノートに鉛筆を走らせている。字を知っている子も多いようだ。ぼくも黒板の字を見ながら鉛筆を走らせた。新しい世界を見たようで、わくわくとした気持ちになる。

修身の教科書には「ヨイコドモ」と右から左に書かれてあった。ページをめくり、先生が読み上げた。

〈ツヨイ　コ　ハ、ナキマセン。イタクテモ　ガマンシマス。（中略）ツヨイ　コ　ハ、イヂワルヲ　シマセン。トモダチニ　シンセツデス。〉

先生は言った。

「みんな強い子にならんといけません。だから友だちには親切にするんですよ」

友だちと仲良くなれそうで、学校がさらに楽しみになった。

毎日、胸を躍らせて学校へ通った。通学途中には洞穴があり、お化けが出ると聞いていた。そこを通る時は怖くて速足になる。

校舎は熊野川沿いにあった。休み時間に運動場で遊んでいて気づく。他のクラスメートに比べ、ぼくだけが随分とぼろで汚い服を着ている。弁当も持たせてもらえない。山の中で「みなと」の兄ちゃんと遊んでいる時は気づかなかったが、ぼくは極端に貧しかった。だから級友から避けられているように思えてきた。

雨が降ると山道がぬかるむため、学校を休まねばならなかった。冬は日が昇るのが遅いため学校に行けない。通学できるのは年に半分にもならなかった。

　学校に近い集落内の子どもたちは毎日、顔を合わせ、いつの間にか仲良くなっている。ぼくがたまに学校に行くと、クラスにはなじみにくい雰囲気ができていた。貧乏なうえ家が遠いため、クラスでのけ者にされているように思えた。先生もぼくと話すのを嫌がっているようだ。

　十分に食べていないためか、ぼくはクラスで一番背が低かった。いつしか「チビ、チビ」と呼ばれるようになった。


　一九四三（昭和十八）年の四月、ぼくは二年生になった。担任は一年生の時と同じ先生だった。

　大本営はこの年の五月二十一日、連合艦隊の山本五十六司令長官の死亡を発表した。乗っている飛行機がアメリカ軍に撃墜されたという。世の中の動きから離れたところで生活するぼくたち家族は、しばらくしてそれを知った。

　世間は長官の死亡で大騒ぎしていたが、ぼくはそれどころではなかった。個人的にはもっと重大な事件が起きていた。山本長官の死亡が発表されてしばらくしたころ、お金を落としてしまったのだ。雁皮を売ってためたお金は百円ほどになっていた。今の価値に換算すると約六万円になる。小学二年生にとっては相当に大きな金額だ。

　一円札や五十銭札を束ねて布袋に入れ、ひもでしっかりお腹に巻き付けていた。肌身離さず持っていたはずなのに朝、腹の周りを探る(さぐ)と布袋(ぬのぶくろ)がない。

「何でないんやろ」

母や父にばれないよう、家の中や周囲を探したが、見つからない。子どもの手で巻いていたため、ひもが緩(ゆる)んでしまったのだろうか。がけのような危険な場所で採った雁皮(がんぴ)を売ってためたお金だ。

学校で落としたのだろうか。お金のことが頭から離(はな)れない。学校へ向かう途中(とちゅう)も布袋を探すのだが、見つからない。どこにいってしまったのだろう。誰(だれ)かに盗(と)られたのだろうか。泣きたくなってくる。

教室に入ると、先生の声が聞こえてきた。

「この袋は誰のですか。落としたのは誰ですか」

ぼくはほっとした。間違(まちが)いなくぼくの袋だ。学校で落としたのだ。クラスの誰かが見つけ、先生に届けてくれたのだろう。盗られなくてよかった。ぼくは跳(と)び上(あ)がりたいほどうれしかった。喜び勇んで先生のところに駆(か)けていった。

「先生、それ、ぼくのです」

「西畑(にしはた)君。大切なものを落としたらあかんよ。しっかりとしまっておくのよ」

こんな言葉を期待した。が、先生の反応は予想を裏切った。

「うそをついたらあかんよ。西畑君がこんなお金を持っているはずないやないの」

　先生はぼくの貧しさを知っている。だから信じてくれないのだ。級友が集まってきた。ぼくは恥ずかしくなってきた。

「うそやないです。ぼくのお金です」

「うそつきは泥棒の始まりと言うんやで。なんでそんなうそをつくの？」

　みんなの前でうそつき扱いされた。信用してもらえないのは、ぼくが貧乏だからだろうか。

「うそやないです。雁皮を売ったんです」

「雁皮なんて、西畑君に見つけられるわけないでしょう」

「兄ちゃんと一緒に見つけたんです」

「西畑君には、お兄さんはいないでしょう」

「みなとのお兄ちゃんです。山のことは何でも知ってるお兄ちゃんなんです」

「よう、そんなうそを思いつきますね」

「うそやないんです。ぼくがためたお金です」

　先生は聞く耳を持たず、こう言った。

「それやったら、家の人にお金のことを聞きますよ」

　父も母も、ぼくが小遣いをためているのを知らない。黙り込むぼくを見ながら、先生はさらに追い打ちをかける。

「お兄さんのことも聞きますよ」

父は、みなとの兄ちゃんと遊ぶことを快く思っていない。戸惑うぼくに先生はこう命じた。

「廊下に立っていなさい」

クラスメートもこのやりとりを見ていた。休み時間になると、廊下に立っているぼくのところに寄ってくる。

「お前はうそつきや」

「チビがお金なんか持ってるわけないやろ」

「村一番の貧乏は西畑や」

「貧乏の西畑、貧乏なチビ、泥棒のチビ」

悔しさでぼくの目がうるんできた。

男の子三人が並んで廊下を通り過ぎた。そのうちの一人がぼくに向かってつばを吐きかけた。ぼくがよけると、廊下にべっとり唾液が付いた。

先生はそれを見ながら何も言わなかった。子どもたちに注意さえしてくれなかった。

家に帰っても、学校での体験を話せなかった。兄ちゃんと一緒に雁皮の皮をとって売っていたのを知られたくなかった。「お前は、そんなことしとったんか」と怒られるのが怖かった。

　バスに乗れなくなるのはつらかったが、お金はあきらめるしかなかった。気を取り直して翌朝、登校した。日が昇るのが早く、山の緑はいつもと同じようにまぶしい。正門を入るとクラスメートがこう叫んだ。

「泥棒が来たぞ」

　周りの子が大げさに「泥棒や、泥棒や」とわめき立て、逃げていった。

　泣きたい気持ちを抑えて教室に入ると、ぼくの机だけが離れたところにぽつんと置かれていた。

　机を元の場所に戻した。勇気を振り絞って隣の子に話しかけても、返事をしてくれない。真知子姉さんに相談することも頭をよぎったが、お金のことは秘密にしておきたかった。

　貧しさを理由に嫌な経験をしているのは姉さんも同じはずだ。「貧乏」「泥棒」と呼ばれていると訴えるのが弱虫のように思え、姉さんにも話せなかった。

　クラスでの嫌がらせは三日ほど続いた。ぼくはしばらく学校を休んだ。父は理由を聞かず、「学校には行った方がええぞ」と言った。怒られるのが嫌で、ぼくは学校へ行くふりをして山で遊んだ。

　それでもやはり友だちがほしかった。山では動物や植物はいっぱい見つかるが友人はいない。

十日ほど休んだ後、思い切って登校してみた。もう「泥棒」と呼ばれはしないだろう。そんな期待もあった。

学校が近づくと不安で胸が押しつぶされそうだ。期待と不安がないまぜになり、足が重い。それを引きずるようにして教室へ入る。

「あっ、泥棒が来た」

「ほんまや泥棒や」

「危ない。盗まれるで」

クラスメートは聞こえよがしにそう叫びながら、机の上のものをかばんに片付けた。

教室にいるだけで息がつまりそうだ。地球全体がぼくの敵になったような気がした。味方は一人もいない。

ぼくは何も悪いことをしていない。うそを嫌い、正直に生きている。心の中で「助けて」と大声で叫んでみるが、状況は変わらない。正義の味方が登場して、助けてくれないだろうか。

休み時間になっても、誰も一緒に遊んでくれない。運動場ではみんなが野球ボールを投げ合っているのに、ぼくだけが仲間はずれだ。

ボールが転がってきた。それを拾って投げ返した。誰もそのボールをとろうとしてくれなかった。静かに転がっていくボールがかすんで見えた。

「もう学校なんて来るもんか」

貧乏だから信じてもらえない。こんな目に遭うのも貧しいからだ。先生はぼくがうそをついたと思い込み、ぼくが仲間はずれになっていても助けてくれない。

確かにぼくの服はいつもぼろぼろで汚れていた。同じ服ばかり着ているのだから、仕方ないだろう。新しい服なんて買ってもらったこともないのだ。貧乏で文具も持っていなかった。それでも母はよく言っていた。

「人のものは絶対に盗ったらあかんのやで」

父も「泥棒はするな」と繰り返した。ぼくの家は貧乏だけど、人のものを盗ろうとは思わない。それなのに誰もぼくを信じてくれない。悔しく、悲しかった。これ以上、泥棒扱いされたくなかった。そんな学校で友だちなんていらないと思った。

欠席が続いても、担任の先生はぼくの家を訪ねてこなかった。半年ほどした時、村で偶然顔を合わせた先生は知らないふりをした。それ以来、ぼくは先生を見かけると、自分から避けるようになった。

不登校になってしばらくした時、父が言った。

「学校に行ってないようやけど何かあったんか。行った方がええ」

「絶対に嫌や。もう学校には行かん」

「強情を言うな。勉強しといた方がええ」

「絶対に、絶対に行かへん」

「何で行きとうないんや」

「あんな遠いところまで行くのは嫌や」

学校までの距離を理由にごまかしているうちに、目から涙があふれてきた。本当のことを言えないのが悔しかった。

「うそつき」呼ばわりされて、つばを吐きかけられ、仲間にも入れてもらえない。そんな経験は二度とごめんだ。しばらくすると父も説得をあきらめたのか、何も言わなくなった。

弟の要が聞いてきた。

「兄ちゃん、何で学校に行かんのや。けんかでもしたんか」

「そんなんと違うわ。遠いからや」

弟にも本当の理由は明かしたくなかった。仲間はずれにされていると言うのが、恥ずかしかった。貧しいから泥棒と間違われたとは口にしたくなかった。

家族は全員、貧しく、幼いぼくたちはそれを受け入れるしかない。どうあがいたところで状況は変わらない。いずれ弟や妹もぼくと同じ目に遭うかもしれない。弟たちには、それは口が裂けても言えなかった。

結局、ぼくが通学したのは一年生の春から秋までの約半年と、二年生になってからの数ヵ月だけだ。雨の日は休んでいたから、実際に学校で学んだのは百日にも満たなかったのではないか。ひらがな、カタカナを習ったはずだが、それも次第に忘れ、自分の名前さえ書けないままになった。教育勅語なんて聞いたこともない。

ぼくは父の炭焼きを手伝った。父が山に入り、のこぎりでカシなどの硬い木を切る。それをかまのある、百メートルほど下まで転がして運ぶのが、ぼくの役目になった。

子どもには重労働だ。特に冬は厳しい。切り出した木に雪が積もると、手は凍ったように冷たくなる。靴もない。わらで編んだ草履をはいても、しばらくすると手や足には感覚がなくなり、しもやけができた。

それでも学校に行くよりはましだった。廊下に一人立たされ、投げたボールを誰にも受け取ってもらえない。「泥棒」と呼ばれ、近寄ると「盗まれるぞ」と机の上のものを隠される。その心の寒さと比べれば、手足の冷たさも苦にならない。

若い人たちが兵隊にとられて遠く離れた外国で戦っていた。戦争で死んだり、傷ついたりする人も多くなっていた。ぼくはそうした出来事に興味はなかった。目の前の炭焼きだけがぼくの世界だった。

周りに文字はなかった。
将来、読み書きで苦しむなんて、思ってもみなかった。

第二章　ニワトリの恩返し

八歳になったころ、山奥の炭焼き小屋を出て、家族で相須の集落内に引っ越した。学校は相須と隣接する宮井にあり、歩いて十分ほどの距離になったが、不登校になっていたぼくにはもう関係がなかった。

引っ越し先の近くには熊野川が流れていた。この川は宮井で北山川と合流し、新宮まで下って太平洋に注ぐ。

ぼくの集落には当時、橋がかかっていなかった。向こう岸に渡るには宮井まで歩き、そこで渡し船に乗らねばならない。食料品を扱う雑貨屋は川の向こう側にしかなく、住民は渡し船を使っていた。船代は一回五円だが、ぼくたち住民は無料で乗れた。生活に欠かせなかったためだろう。大人の男たちは夏になると向こう岸まで泳いだ。

梅雨時は大変だ。水かさが増して激流となる。渡し船が出ないため村に食料が届かない。ぼくたちはその間、村内でとれる野菜で食いつなぎ、雨がやむのを待った。

紀伊半島の南部は林業が盛んな地域だった。学校に行かなくなったぼくが飽くこともなく川をながめていると、材木イカダが下っていった。長さ十メートルを超える材木が一度に百本以上運ばれていく。船頭が前後に一人ずつ乗り、上手にイカダを操っている。雨の日には蓑と笠をかぶり、大声で歌いながら互いを励まし合い、新宮の貯木場まで運んでいくのだ。

イカダが浅瀬に乗り上げてしまうと後続のイカダも立ち往生する。みるみるうちに川面は材木で埋まり、さながら木製の絨毯のようだ。材木を流し直すのに二、三日かかることさえあった。

父は毎日、相須の集落から山に入って炭を焼いた。ぼくも作業を手伝った。真っ赤に燃えている炭を、長い棒でかまから出して灰の中に埋める。素早く作業をしないと、良い炭にはならない。作業は時間との闘いだ。時には夜中でも炭を出さねばならなかった。

作業は暑くてたまらない。やけどを避けるため夏でも長袖を着る必要があった。ぼくは汗まみれになりながら、夏には谷川に飛び込み、冬は雪の上に寝転んで体を冷やした。すると父の怒鳴り声が響く。

「こら、早うせんか。休んでいるひまはないで」

ぼくが仲良くしていたみなとの兄ちゃんは、両親との三人暮らしだった。小さなわらぶきの家が川の向こう岸にあった。兄ちゃんは夏になると泳いでぼくのうちにやってきた。

父は、兄ちゃんと遊ぶのを快く思っていなかったが、ぼくは兄ちゃんが好きだった。学校に行っていないぼくにとって、たった一人の友だちだった。

　一九四四（昭和十九）年の秋になった。ぼくは父に黙って、兄ちゃんの家に行こうと思った。宮井まで歩いて渡し船に乗る。「用もないのに乗ったらあかんで」と船頭に怒られた。

　一緒に遊んだ後、兄ちゃんの家でご飯を食べた。粥ではなく、白いご飯が出てきたのには驚いた。兄ちゃんのお父さんも、お母さんも働いているようには見えない。それでも食べ物が豊富にあるのが不思議だった。

　家に帰ろうとすると、兄ちゃんのお母さんが柿や栗、お菓子を持たせてくれた。お腹をすかせたぼくにとっては宝物だ。大切に持って帰ると、なぜか父が怒鳴った。

「そんなに向こうがええんやったら、泥棒の家の子になれ。二度とあの家に行ったらあかん」

　もらってきたものは全部、ゴミ箱に捨てられた。父の姿が見えなくなると、ぼくはこっそりそれを拾い、山の中に隠し、少しずつ食べた。

　母が体調を崩した。せきが激しくなり、息をするのもつらそうだった。寝込んだと思ったら、そのまま息をひきとってしまう。十一月二日のことだ。結核だったらしい。

　家族だけで小さな葬儀を営み、ぼくはロウソクを持った。父は最後まで涙を流さなかった。

　母は一度もぼくの不登校をなじったり、怒ったりしなかった。学校へ行けとは言わなかった。

学校に相談もしていない。激しい疲れで、子どもの不登校を気にする余裕もなかったようだ。細く、小さくなった母の遺体をながめながら、ぼくは思った。

「お母ちゃんは結婚してから一度も楽しいことがなかったんやろな。栄養のあるもんを食べていれば、長生きできたはずやのに。貧しいから死んだんや」

母の遺体は近くの墓地に土葬された。


その年も暮れになると、アメリカ軍の航空機による街への攻撃が本格化する。田舎に暮らすぼくたちはその怖さを直接、感じはしなかった。はるか上空を米軍機が飛んでいくのをのんびりとながめていた。きっと大阪や神戸に向かっていたのだろう。

村の防空壕は使われなかった。空襲もないのに、村の女性たちはモンペ姿で消火訓練をしていた。

翌一九四五（昭和二十）年八月十五日の朝、村の住民がこう連絡してきた。

「きょうの正午にラジオを聞くよう。重要な放送がある」

家にラジオがないため、家族は誰も気に留めない。

日本はその日、連合軍に無条件降伏し戦争に敗れた。ぼくは村の男の子から、「もう明日から警報は出ないで。飛行機も飛んでこんわ」と言われ、終戦を知った。

父が突然、こう言ったのは、母が亡くなって二年になろうとする秋だった。

「明日、母さんの田舎に行くぞ」

母が生まれたのは三重県紀和町（現在の熊野市）の花知村と呼ばれる村落だ。母の実家に行くのは初めてだ。

出発の日、ぼくが朝早く起きると、姉がおにぎりを作っていた。新しいわら草履が用意され、洗濯したばかりの服を着せてくれる。ぼくは「特別な行事でもあるんやろうか」と思った。

相須村から花知村までは山道を歩くしかない。ぼくは父、おじと三人で家を出た。後ろを振り返ると、見送りの姉と近所の女性が泣いている。

「何で姉さんが泣いているんやろ」

ぼくはその理由がわからなかった。

途中でおにぎりを食べる。家では薄い粥ばかりだったのに、父と一緒に白いご飯が食べられ、ぼくの心は浮き立った。

しばらく歩くと鼻緒が切れた。そのまま裸足で歩くと血が出てきた。母の実家に着いたのは夕方だった。ぼくたちは歓迎され、夜はきれいな布団で眠る。いつものせんべい布団と違い、柔らかすぎて眠りにくい。

目を覚まして台所に行くと、女の人が朝食の準備にかかっていた。

「保ちゃんか」

「うん」

「いくつになったんや？」

「十歳」

「そう。早いもんやね」

ぼくが黙っていると、女の人はなぜか涙声になっている。

「保ちゃんのお母さん、苦労ばかりやったな」

親戚の人だろうか、母を知っているようだ。その女の人は視線をぼくの高さに合わせるようにひざを折った。

「これから隣村になるんやから、つらいことがあったら、いつでも相談に来るんやで」

ぼくは「隣村になる」の意味がわからず、うるんだ女性の瞳を不思議な気持ちでながめていた。

朝食の後、母の実家の男性が一人加わる。四人で隣村まで歩いていると、稲刈りの男性が声をかけてきた。

「よう来てくれたな。よう来た。よう来た」

近寄って、ぼくの頭をなでる。

しばらく歩き集落の中心に入ると、立派な門構えの家があった。父と一緒に門をくぐると、犬が大きくほえた。庭の池ではコイが泳いでいる。家の女性が父に話しかけてきた。

「よう来てくださいました」

くわを持った男女が牛を二頭連れて帰ってきた。この家の主人とその奥さんのようだ。父が何度も頭を下げている。

池のそばにはモミジや柿の木があった。柿の枝ぶりを見上げていると、エプロン姿の女性が近づいてきた。お手伝いさんだろうか。

「保ちゃん、食べてもいいよ」

どうしてみんなぼくの名前を知っているんだろう。

女性は竹ぼうきを持ってきた。

「とってあげるわ」

柿が落ちた。

「明日からはいつでも食べられるからね」

ぼくは柿をかじりながら不思議に思った。

「なぜ、いつでも食べられるのだろう」

しばらくして中に入るよう言われた。

広間の座卓にはごちそうが並んでいる。親類なのか近所の人なのか、何人かが加わり、にぎやかな宴となった。

みんなが食事を始めている。ぼくは柿を食べたばかりでお腹が膨れ、ほとんど食べられない。

父は酒を飲み、男の人と話している。ぼくは何を話しているのかと気になり、耳を傾けたが、二人の声はあまりに小さくて聞こえない。ここでも父は繰り返し頭を下げていた。

退屈して外に出ると、首輪を付けていない犬が寄ってきたので一緒に近くを散歩した。

食事は二時間ほど続いただろうか。コイに餌をやっていると、帰り支度をした父とおじが出てきた。ここでもこの家の人たちに頭を下げている。

「後で迎えに来るからな」

父はそう言うと、帰りかけた。ぼくは大声で叫んだ。

「一緒に帰る」

その声を振り払うように、父は離れていく。ぼくは焦って、父を追った。

「ぼくも一緒に帰る」

「明日、迎えに来るから」

「嫌や、何で一人にするんや」

「すぐに迎えに来るから」

「置いていかんといて」

ぼくの体は震え、涙が噴き出してくる。

父は「すぐに迎えに来る」と繰り返したが、ぼくは聞かない。困り果てた父はあきらめ、ぼくを連れて帰った。道中、話しかけても、父とおじは一切返事をせず、黙々と山道を歩き続けた。


この不思議な訪問から一ヵ月ほどしたころだった。近所の女性から「ちょっとうちに来てくれるか」と声をかけられた。女性は六十歳前後で、畑仕事のついでに声をかけてきたようだった。どうして突然、呼ばれたのかわからない。

家から歩いて五分ほどのところに女性の家はある。古くて小さな家だった。中に入ると、座るように言われた。

女性はまじめな顔で「驚かんといてや」と前置きし、こう続けた。

「この間、お母さんの里に行ったやろ。保ちゃんはあの隣村の家の子になるはずやったんよ。あんたがあんまり大きな声で泣いたから、お父さんは仕方なく連れて帰ったんよ」

「驚くな」と言われても無理だった。柿の木のある、あの大きな家の養子になるはずだったというのだから、驚かずにはいられない。あの夫婦は遠い親戚だったのかもしれない。

母の実家では「これから隣村になるんやから、つらいことがあったら、いつでも相談に来るんやで」と言われ、隣村で柿を食べると「明日からはいつでも食べられるからね」と声をかけられた。養子になるはずだったと聞けば、すべて納得できる。

女性は養子の件について、父に相談されていたのかもしれない。

「お母さんが亡くなった後、実家からその話があったんやけど、お父さんはどうしたらええか悩んでいたんや。保ちゃんに説明しようかとも思ったんやけど、それを知ったら、保ちゃんが行くはずはないと考えたんや。お父さんを恨んだらあかんで」

頭が混乱してきた。なぜ、長男であるぼくを養子にしようとしたのだろう。この女性はその疑問にも答えてくれる。

「実はな、保ちゃんのお父さんは本当のお父さんではないんや」

ぼくは言葉が出なかった。

「（母の）よしのさんは、お父さんと知り合う前に他の人と結婚していたの。その人とうまくいかず、離婚して実家に帰った。その時にはもう、お腹にあんたがいてな。お父さんはそれを承知で結婚したんや」

ぼくは子ども心にも、「母さんは、大きなお腹をしながら父さんのところにやってきたのか。自分から進んで結婚したんとは違うんやな」と思った。

話をしてくれた女性は母よりもかなり年上だった。同じ女性として、母の相談にのってくれていたようだ。

拾われるように結婚し、十分な栄養もとれずに働かされて亡くなった母をふびんに思うのか、話をしている女性の目がうるんでくる。

「よしのさんは再婚には気乗りがしなかったの。それでもお腹は大きくなってくる。生まれてくる子のためにも、父親になってくれる人が必要やった。それでこの村に来たんよ」

女性の目から大粒の涙がこぼれる。

ぼくは父を本当の父と信じていた。父が他にいると聞かされ、泣きたいのはぼくの方だ。女性はこう続けた。

「保ちゃんを産んですぐ、よしのさんはまた妊娠したやろ。あの時、お母さんは毎日、山の中のほこらに向かってお祈りをしていたんや」

母は何を祈っていたのだろう。

「次に生まれてくるのが女の子でありますようにと祈ったの。男の子やったら、お父さんが実の子である弟の方を可愛がるかもしれないと心配したんや」

だから生まれてきたのが男の子だとわかった時、母はショックを受けたという。

「がっかりして泣いていたわよ。最後まで保ちゃんのことを気に掛けながら、亡くなったんやで」

母の実家の人たちは、ぼくがそのまま父に育てられた場合、姉や弟、妹たちと差別されるのではと心配した。だから養子縁組の話を持ち込んだのだ。

「お母さんの実家の人たち、そしてお父さん。みんな保ちゃんを大切に思ってしたことやから」

この女性は、ぼくが大人になってから出生の秘密を知れば、余計にショックを受けるのではないかと気遣い、話してくれたようだ。最後に女性はこう言った。

「保ちゃん、つらいことがあったら、なんでもうちに相談するんやで」

女性の言葉はありがたかった。しかし、ぼくの受けたショックは小さくない。話を聞き終えても、そのまま家に帰る気がしなかった。どんな顔で父を見ればいいのかわからない。河原に行って岩に腰かける。流れる水音を聞いていると涙がこぼれた。

母はぼくを身ごもったばかりに、こんな山中にお嫁に来るしかなかった。貧しい暮らしで、粥さえ口にできない日もあった。寒さで手や足はあかぎれで痛んだ。結婚してからは一度も幸せを感じなかったのではないか。それなのにぼくを気に掛け、山のほこらに日参している。それを考えると涙が止まらない。

その日は家に帰っても、父の顔を見るのがつらかった。昨日までとは関係が違ってしまったように思え、夜になっても眠れなかった。


田舎には娯楽が少なかった。村人の楽しみは熊野本宮大社の祭りだ。五月には船玉神社祭、九月には献湯祭、十一月にはこだま祭が開かれる。そうした祭りの中でも、最も大きいのが毎年四月に開かれる例大祭だ。

ぼくは十歳になると朝早くから夜遅くまで、父の仕事を手伝っていた。学校にはまったく行っていない。

村の人たちは例大祭を楽しみにしていた。ぼくも行きたくてたまらなくなり、泣いて頼んだ。父も最後は仕方なく許し、十円の小遣いをくれた。

「おつりは返すんやで」

念を押すのも忘れなかった。今なら二千〜三千円くらいだろうか。ぼくはみなとの兄ちゃんと一緒に行くことにした。

村の人々にとっては一大イベントである。前の晩から準備にかかり、当日も朝早くから玉子焼きやおにぎりを作る。ぼくはサツマイモをふかして新聞紙に包んだ。

興奮で前の晩はほとんど眠れなかった。当日は熊野川沿いを神社に向かって、みんなで歩く。直線距離なら五、六キロだが、尾根伝いに行くため十五キロほどにもなり、子どもの足では三時間以上かかる。

船を持っている人は、熊野川に浮かべてロープで引いて上る。エンジンが付いていないためだ。帰りは村の人たちを乗せて下る。

一張羅の服で着飾る大人や子どもに交じり、ぼくと兄ちゃんだけはいつもの汚れた服を着ていた。ところどころ破れてもいる。みんなは靴を履いていたが、ぼくはわら草履だ。あまりに身なりが違うので離れて歩く。

神社に着くと、飲食やイベントの屋台が並んで大にぎわいだ。ぼくは看板の字が読めず、何を売っているのかを知るには、近寄って実際に商品を見るしかない。兄ちゃんもそうだった。

見世物やサーカス、相撲の小屋が建ち、へびで字を書く人がいる。お化け屋敷から出てきた子どもが「怖い」と言って泣いていた。ぼくはてっきり、本物の化け物が出たと思った。

懸賞付きくじの店もあった。一等は野球のグラブだ。大人や子どもがお金を払って三角くじを引いている。ぼくはグラブを狙って、やってみようかと思ったが、しばらく見ていると誰も当たっていないのでやめた。

脚をけがした男性が立っていた。白い服を着て、松葉杖を突き、首から募金箱を下げている。

戦争で負傷したらしい。戦争は前年に終わったばかりだ。見ていると、たくさんの人が箱にお金を入れ、泣きながら寄付する年輩の女性もいた。

気になったのはヒヨコを売る店だ。

「ピヨピヨ、ピヨピヨ」

騒がしいほどの鳴き声だ。ぼくは動物が好きで、店を離れても可愛い鳴き声が耳に残った。

昼になった。みんなは大きな木の下で弁当を広げている。おにぎりと玉子焼きがおいしそうだ。恥ずかしくて、近くでフカシイモは食べられない。ぼくたちは、隠れるようにして食べた。

結局、ぶらぶらと見て回るだけで、何も買わなかった。十円はポケットに入ったままだ。貧乏に慣れすぎると、いざお金をもらっても、もったいなくて使えない。

午後になって小雨が降りだし、みんなが帰り支度を始めた。あわただしく店が片付けられていく。ぼくはヒヨコが気になった。見に行くと、店はすでに片付けられている。

「……ピヨピヨ……ピヨ」

小さな鳴き声が聞こえた。側溝でヒヨコが鳴いている。帰りを急ぐ大人たちが口々に言う。

「店のもんが捨てて帰りよったんや」

「かわいそうに、すぐに死んでしまうわ」

ヒヨコが助けを求めているように思えてくる。

「兄ちゃん、連れて帰ろう」

二人で段ボール箱を探し、ヒヨコを入れた。何羽いるのだろう。数えてみる。

「一、二、三……」

十羽以上いる。ぼくは十までしか数えられなかった。兄ちゃんが数えると十五羽いたが、すでに三羽は死んでおり、穴を掘って埋めた。帰りを急ぐ間も箱の中で十二羽が鳴いている。

「……ピヨピヨ」

途中でもう一羽、死んだ。

雨が強くなってくる。兄ちゃんは濡らさないよう、服で箱を覆った。ぼくたちは薄暗くなった道を、小走りで急ぐ。

村人の多くは船で下っていたが、ぼくたちは何となく「乗せてほしい」と言いそびれた。

家に着くとすぐ、箱を開けた。

「ピヨピヨ」

元気に鳴いている。父がのぞき込んだ。

「屋台のヒヨコはオスばかりや。すぐに死によるわ」

兄ちゃんと一緒に小屋を作った。大事に育てたにもかかわらず、ヒヨコは次々と死んでいく。

そのたびにぼくは兄ちゃんと一緒に墓を作った。

それでも三羽が生き残り、ニワトリになった。父は「オスばかりや」と言ったが、メスの赤鳥が一羽いた。兄ちゃんと二人で大きな小屋を作った。

「コケコッコー」

ニワトリは村に朝を告げる。

梅雨になった。川の水は大きな音を立てて流れ、夜中に家の中に入ってきた。ニワトリ小屋は流されてしまった。水が引くのを待って、兄ちゃんと一緒に小屋を探す。川の大きな岩には、木の枝が大量に付いていた。探し回ったが小屋は見つからない。

一週間ほどたった朝だった。

「コケコッコー」

外に出てみると、松の枝に三羽が仲良く並んでいる。帰ってきたんだ。ながめていると、なぜか涙が出てきた。

ニワトリは落ち葉の下のミミズや小さな虫を食べてすくすく育った。夜になると、三羽は枝に並んで休む。そして、メスは草場のくぼみで卵を産んだ。ぼくは初めて生卵を食べる。口の中に濃厚な甘さが広がった。忘れられない味になった。

ある日の夕方、ニワトリの鳴き声が響いた。いつもとは違う声だ。急いで外に出る。大きなヘビが襲っている。ぼくは近くにあった木の枝をつかむと、ヘビに向かってがむしゃらに振り回した。頭を高くもたげたヘビが口を大きく開け、威嚇してくる。無我夢中で枝を振り続けた。一分もするとヘビは退散した。枝を握ったぼくの手には、汗が噴き出していた。

落ち着いて周りを見ると、草むらはニワトリの羽で覆われ、オスが一羽、死んでいた。かみ殺されたのだろうか。その無残な姿を見た時改めて恐怖心に襲われた。

兄ちゃんと二人でニワトリを埋め、手を合わせた。夜になると残った二羽が、松の枝で仲良く並んでいた。

その二羽がいなくなったのは、ヘビの襲撃からしばらくした時だ。夜になっても帰ってこない。松の木周辺を探しても見つからなかった。またヘビに襲われたのだろうか。ただ、羽が散乱しているようなこともない。いったい、どこに行ってしまったのだろう。

一ヵ月近くたっただろうか。兄ちゃんが慌てて呼びに来た。

「保ちゃん、早く起きろ」

急かされ外に出ると、聞こえてきた。

「ピョピョ、ピョピョ」

二羽のニワトリの横でヒヨコが鳴いている。八羽いた。ニワトリは隠れた所で卵を温めていたのだ。

生まれて間もなく、三羽のヒヨコがイタチに襲われた。残る五羽はすくすく育ち、親鳥と変わらない大きさになった。夕方には松の木の上で、親と子の七羽がきれいに並び、村の人が時々見に来る。ニワトリは毎日のように卵を産んでくれた。

ぼくと兄ちゃんは学校にも行かず、大した楽しみも知らなかった。そんな退屈な日々をニワトリが楽しい色に染めてくれた。ぼくは思った。

「捨てられていたヒヨコを抱くようにして連れ帰った。ヘビとも戦った。だからニワトリが恩返しをしてくれたんかな」


炭焼きを手伝いながら、新聞配達を始めた。家の周りには十一家族が暮らし、そのうち三軒が朝刊をとっている。

新聞販売店は家から約二キロ離れた、村の外れにあった。そこに朝刊が届くのは昼過ぎだ。ぼくは午後四時ごろ販売店で新聞を受け取り配達する。兄ちゃんと遊ぶ日には、夜になってから配った。アルバイト料の代わりに小学生新聞をもらった。ぼくは字が読めないため写真や絵を楽しんだ。

配達先に新聞を心待ちにする老夫婦がいた。配達の時にはおやつをくれる。ぼくが学校に行っていないのを知っているため、夫婦は前日の新聞記事を読み聞かせてくれる。ぼくは新聞が好きになった。おじいさんやおばあさんが読んでくれるのを聞きながら、学校に行っていたら、今ごろは自分でも読めたのかなと思った。

宮井の集落近くには鉱山があり、そこで働く人たちが暮らす地域には映画館が二軒あった。労働者とその家族は無料で鑑賞できる。

ぼくは映画を見た経験がなく、どんなものか想像すらできなかった。見に行きたいと父に頼むと、いつも同じ答えが返ってくる。

「そんなお金、どこにあるんや」

家族に鉱山労働者はいない。そのためぼくには入場料が必要だ。白米もまともに食べられないぼくたち家族には、映画を見る余裕はなかった。

父に黙って、兄ちゃんと一緒に映画館へ行った。二人とも看板の字は読めないが、絵から鞍馬天狗シリーズだとわかった。何とか鑑賞できないだろうか。

鉱山労働者の家族なのだろう、親に手を引かれた子どもたちが次々と館に吸い込まれていく。

二人で周りをうろちょろしていると、映画館の中から年配の女性が出てきた。

「映画、見たいのかいな」

ぼくたちはうなずいた。

「きょうはただにしておいてあげるわ。さあ、お入り」

中は家族連れであふれ、煙が満ちていた。男たちが酒を飲み、たばこを吸っている。酒とたばこが入り交じった臭気に、ぼくは家と同じ臭いだと思った。

映画のタイトルから、てっきり長い鼻をした天狗が出てくると思っていた。映画の帰りに、「天狗は出てこんかったな」と言うと、兄ちゃんも「ほんまやな」と返した。

この時、記憶に残ったのは、「鞍馬天狗」の前に見た海の映像だ。映画ニュースか宣伝広告だったのだろう。とにかく広い海だった。山の中で育ったぼくたちは海を知らない。熊野川を下っていくと海に出るとは聞いていた。

「海を見たいな」

ぼくが言うと、兄ちゃんも「見たいな」と答えた。

しばらくしたころ、兄ちゃんが突然、こう切り出した。

「明日、海を見に行こう」

ぼくはうなずいた。

第三章　兄ちゃんと見た海

一九四七（昭和二十二）年暮れの相須の山は寒かった。熊野川に沿って歩けば、海が見えるはずだ。川の向こう岸は三重県だ。

新宮までは二十五キロほどだ。道路は未舗装で、歩くと十時間以上かかる。

南隣の宮井にはバス停があり、新宮までは、木炭バスが煙を吐きながら走っている。馬力が出ないため急な坂道にさしかかると、乗客がバスを後ろから押していた。ぼくと兄ちゃんはバスに乗ったことがなく、今回も歩くしかなかった。

海を見に行く計画を打ち明けたら父に怒られる。ただでさえ兄ちゃんとの仲を父は快く思っていない。ぼくは誰にも言わず、朝早く家を出た。外は暗かった。すぐに兄ちゃんと合流し、二人で山道を歩き始めた。草履を履き、服は汚れて穴が空いている。

西ノ峯山の東の裾を一時間ほど歩くと夜が明け、空が白くなってきた。どんよりとした曇り空だ。歩きながら山を見ては、あれを越えたら海が見えるかなと期待するのだが、いつも裏切られた。歩いても、歩いても見えない。

しばらくすると冷たい雨が降り始めた。整地されていない道には水たまりができる。草履で泥水を跳ね上げ、服がさらに汚れた。足は凍るほど冷たい。ぼくたちは洞窟を見つけ、雨宿りした。どぶネズミのような格好だ。もう少し暖かい季節に来ればよかったと思った。

　雨が雪になった。兄ちゃんが何度もため息をつく。あれほど見たかった海に行くというのに、一向に楽しくなさそうだ。

「どうしたの？　疲れたの？」

　兄ちゃんは否定した。

「保ちゃんと遊んで、楽しかったわ」

　山の獣道でわなを仕掛けたり、雁皮の皮を売ったりした思い出を懐かしそうに話した。

「でも、保ちゃんと遊ぶのも終わりかもしれへんわ」

「何でなん？」

「そういうことになりそうや」

「どこかに働きに行くの？」

「そんなんと違う」

　雪がやむのを待って洞窟から出ると、周りの山は雪化粧をしていた。ぼくたちはまた歩き始める。寒さと疲れで言葉がなかった。

　途中、何台ものトラックや自動車に追い抜かれた。手を上げても止まってくれない。バスにも追い越された。

熊野川を見ると、プロペラを付けた船が大きな音をたてて行き交っている。歩いているのはぼくたちだけだ。

兄ちゃんが話しかけてきた。

「海ってどのくらい大きいと思う？」

「見たことないからわからんわ」

「川みたいに泳いで向こう岸まで行けるかな」

「兄ちゃんなら泳げるかもしれへんな」

二人とも草履の鼻緒が切れ、裸足になった。足がちぎれそうに痛い。感覚がなくなり、自分の足とは思えない。兄ちゃんが手を引いてくれた。

年寄りの女性が畑に立っていた。こんな季節に何をしているんだろうと思ってながめていると、そのおばあさんが声をかけてきた。

「この寒いのに、二人とも裸足でどこに行くのや」

「海を見に行くんや」

「ここからはまだ遠いで。とりあえず家に入って火に当たり。そのままやと風邪をひくわ」

おばあさんに導かれて家の中に入った。囲炉裏端に座っていたおじいさんが、強い口調で言った。

「早よ上がって火に当たれ」

囲炉裏では炭が赤々と燃えていた。天井からつるした鉄瓶には、お湯が沸き、ちんちんと音をたてている。

おばあさんが桶に湯を張り、ぼくたちの足を洗ってくれた。

「真っ赤にはれているやんか。湯でしばらく暖めて、火に当たらなあかん」

囲炉裏に手と足を当てた。感覚がなく、熱さを感じない。おじいさんが聞いてきた。

「どこから来たのや」

「相須からです」

「この寒いのに、歩いてきたんか」

おばあさんが説明した。

「海を見たいのやて」

「海に行くのは夏や。相須に帰らなあかん」

おじいさんは怒ったように言った。

おばあさんが餅を焼き、ぜんざいを作ってくれた。ぼくは初めてぜんざいを食べた。熱いお椀を持っても、それを感じないほど手が冷たい。囲炉裏で焼いたイモを食べさせてもらった。

おじいさんは「相須に帰らなあかん」と何度も忠告したが、兄ちゃんは海を見ると言ってきかなかった。

出発しようとすると、おじいさんは「これを履いていけ。ちっと大きいけど」と言って、長靴と靴下を手渡してくれた。

おばあさんが靴下を囲炉裏で暖めた。それを履こうとして靴下が指の先に当たると痛みが走った。靴下を履き、長靴に足を入れると、少しずつ温かくなってきた。

家を出る時、おじいさんがはるか向こうを指さした。

「あの山の上に登ると海が見えるわ。気をつけて行くんやで。帰りにまた寄ったらええ」

ぼくたちは礼を言って家を出る。歩きながら振り向くと、おじいさんとおばあさんがいつまでも手を振ってくれていた。


ふたたび歩き始めた。トラックやバスが何台も追い抜いていく。ぶかぶかの長靴が重い。

道には雪が薄く積もっている。凍っているところでは足がすべる。一時間くらい歩き、頂に着いた。辺りの山々は真っ白だ。晴れてきた。太陽が雪を照らし、反射した光がきれいだ。

前を見ると下の方に街が見えた。新宮だ。その向こうに海が見える。初めて見る海は青く、どこまでも続いている。兄ちゃんが言った。

「向こう岸まで泳ぐのは無理やわ。向こうには何があるんかな」

海を見られた。これで十分だと思った。寒さに耐えられない。もう帰りたかった。こんなに遅くなってしまった。きっと父にしかられる。それでも兄ちゃんは海まで行くと言う。

「相須に帰っても、どうせ夜や。街まで歩こう」

海が見えてから一時間ほど下ると街に入った。新宮は大きな街だ。きれいな道路の両側にずらりと店が並び、電灯の下を多くの人が行き交っている。

ガラスケースには、おいしそうなパンが並んでいた。腹が減ってきた。

服はぼろぼろで泥だらけだ。全身、びしょぬれでサイズの合わない長靴を履いている。親に手を引かれた子が小さな声で話すのが聞こえた。

「こじきの子が歩いているで」

広場に出ると、バスや車が止まっていた。大きな建物の向こうに蒸気機関車も見える。国鉄新宮駅だった。汽車を見たのは初めてだ。

「あれに乗ったら、どこに行けるんかな」

蒸気機関車が汽笛を鳴らして出ていった。煙がもうもうと上がっている。

「兄ちゃん、今度、二人であれに乗ろう」

二人で指切りをした。

その夜は駅の待合室で過ごした。服が濡れ、震えが止まらない。お腹がすいているため眠れない。横を見ると、兄ちゃんが泣いているような気がした。雨で顔が濡れているのかと思ってよく見た。やっぱり泣いている。

「なんで泣いているの？」

「保ちゃんともしばらくお別れや」

兄ちゃんが少し間を置き、打ち明ける。

「泥棒をしていたのがばれたんや」

ぼくは驚き、言葉がない。

「明日、警察に行かなあかんのや」

「泥棒がばれたの？」

「何日か前に女の人から連絡があって、警察に連れていくって言われたんや」

「その女の人が警察官なの」

「その人は警官やない。役場の人や」

兄ちゃんが言うには、何か小さな盗みをしている時に見つかったらしい。村の人たちから「泥棒一家」と呼ばれ、何かよくないことをしているのではないかと疑われていたようだ。しかも、兄ちゃんは学校に通っていないため非行を疑われ、子どもの問題を担当する役場の部局か教育委員会から連絡があったという。兄ちゃんはこうも言った。

「たぶん矯正院（現在の少年院）に行かなあかんと思う」

「そこは何するところなん？」

「子どもの牢屋や。刑務所や」

「兄ちゃん、そんなところに入れられるの？」

「実はな、父ちゃんと母ちゃんも泥棒をしているんや。おれが警察に調べられたら、家族のこともばれると思う」

「兄ちゃんも一緒に泥棒してたの？」

「父ちゃんたちが農家の倉庫から米を盗む時、おれは表で見張りをしていた」

「泥棒はしたらあかんと思う」

「保ちゃんの言う通りや」

兄ちゃんがこんな季節に海を見に行こうと言った理由がわかった。「子どもの牢屋」に入るかもしれない。春まで待てない事情が、兄ちゃんにはあったのだ。

村の人たちは「泥棒一家や」とうわさしていた。父はいつも「あそこの人たちとは話をするな」とも言っていた。でもぼくにとって、兄ちゃんはかけがえのない存在だった。たった一人の友だちなのだ。

兄ちゃんはまだ泣いている。

「どこか遠いところに行ってしまいたいわ」

夜明け前に汽車が着き、たくさんの人が降りてくる。待合室に入ってくる客たちは、じろじろとぼくたちを見ていく。

外が明るくなってきた。湿った服で震えていると、突然声をかけられた。

「西畑さんとこのぼうずやないか。こんなところで何してるんや」

相須の男性だった。トラックで石炭を運んでいる。ぼくが家から歩いてきたと説明すると、男性は驚いた様子だ。

「家の人は知っているんか」

「黙って来た」

「心配しているで」

「…………」

「お腹すいたやろ」

「うん」

ぼくたちは食堂で、うどんとサンマ寿司をごちそうになり、海に連れていってもらった。海は大きく、どこまでも続いていた。

ぼくたち二人が浜辺を歩くと、大きな波が足元まで寄せてきた。海の水をなめると塩の味がした。浜辺で石を拾ってポケットに入れた。寒さを忘れ、しばらく海をながめた。遠くを船が行く。振り向くと山々はすっかり白くなっている。

帰りのトラックは暖かかった。兄ちゃんは黙って石を握りしめている。

宮井で降ろしてもらい家まで歩いた。帰り着くと父は怒鳴った。

「どこまで行ってたんや！」

ぼくの説明を聞くと、父はさらに怒った。

「一緒に泥棒でもしてきたんか！」

ぼくはその日、粥のご飯さえ食べさせてもらえなかった。

翌朝早く、目を覚ますと、「みなと」のお父さんとお母さんの声が聞こえてきた。

「むすこのやつ、ゆうべ一人で釣りに行ったまま帰ってこない。ここに来てないかと思うたんや」

ぼくの父が答えている。

「来てないで。あんたところのむすこは、これまでも何回か家を空けよったやろ。すぐに帰ってくるわ。心配するな」

「あいつが来たら、すぐに帰ってくるよう伝えてくれ」

兄ちゃんの親は、そう言い残して帰った。

それから二時間ほどたっただろうか。村人の叫び声が響いた。

「川で誰か死んでいるぞ」

ぼくは、わら草履を履いて河原へ走った。太陽が輝いている。釣り人が流されたのだろうか。

二、三分も走ると堤防に着く。息を切らして河原に降りた。

川面は太陽に照らされ、銀紙を揺らしたようにきらきらと光っている。

村人が数人、顔をつきあわせていた。その下に、むしろが広げてあった。ぼくは息を切らしたまま近づいた。川の流れる音が響いている。鳥の鳴き声が聞こえた。

河原の真ん中に広げられたむしろは、人の形に盛り上がっていた。よく見ると、白い脚がのぞいている。靴も草履も履いていない。毛がほとんど生えていない若い男の脚だった。

近所のおばさんが二人ほど駆け付けてきた。

「誰が亡くなったんや」

「寒かったやろに」

大人たちが小さな声で何か話しているようだが、ぼくには聞きとれなかった。

すぐに制服姿の警察官がやってきた。駐在のお巡りさんのようだ。何も言わずにつかつかと歩いてくると、ぱっとむしろをめくり上げる。

裸の子どもだった。ぼくは飛び上がるほど驚いた。静かに横になっているのは、真っ白い顔をした兄ちゃんだ。昨日よりも顔が膨らんでいるような気がする。ぼくは大声で叫んだ。

「兄ちゃん、兄ちゃん」

涙が止めどなくあふれてくる。母さんが死んだ時も、これほど涙は出なかった。拭いても拭いても、目の奥から流れ出てくる。引きつけを起こしたかのように胸が震える。

「兄ちゃん、兄ちゃん！」

どれだけ叫んでも兄ちゃんはぴくりともせず、青白い顔をしたままだ。

「何でなの？　何があったの？」

兄ちゃんは返事をしてくれない。指切りまでして一緒に汽車に乗る約束をしたのに、どうして死んでしまったのか。

河原で横になる兄ちゃんを見ていると、フィルムを早回ししたかのように、ぼくの頭の中を思い出が流れていく。

たばこの畑を見ていて、石を投げつけられた。さすがの兄ちゃんも怖そうな顔をしていた。危険ながけを登ったり降りたりして雁皮をとった。どうやって皮をはぐかを、楽しそうに教えてくれたのは兄ちゃんだった。針金を使ったわなで鳥をとる方法を教えてくれた。とったばかりの魚を河原で食べた。兄ちゃんは大きな口を開け、かぶりついていた。

神社からヒヨコを抱えて帰った。兄ちゃんは自分が雨に濡れても、ヒヨコを守ろうとした。二人でニワトリを育て、鳴き声を聞いては喜んだ。海を見たくて新宮まで歩き、年老いた夫婦にぜんざいを食べさせてもらった。そして、一緒に海岸で石を拾った。兄ちゃんはどこまでも広がる海をながめていた。あの時、何を思っていたのだろう。

母を亡くし、学校に通っていないぼくにとって兄ちゃんがすべてだった。その兄ちゃんが手の届かないどこかに行ってしまった。

お巡りさんが近づいてきた。

「お前の兄貴か?」

「違います。友だちです」

いつの間にか、河原には住民たちが十人ほども集まっている。なぜか兄ちゃんの親の姿はない。

ぼくが声を上げて泣いていると、今度は背広姿の男性が声をかけてきた。

「お前は、あの子と親しいらしいな」

「はい、友だちです」

「最近会ったのはいつや？」

ぼくは昨日二人で新宮まで行った経緯を説明した。いろいろと聞かれ、兄ちゃんから「保ちゃんともしばらくお別れや」と言われた話も明かした。

「また、連絡するから」

背広の男性は去っていった。

村の男性が戸板を持ってきた。兄ちゃんはそれに乗せられ、どこかに運ばれていく。ぼくはもう一度、叫んだ。

「兄ちゃん！」

その声は森の中に吸い込まれていく。

家に帰って、しばらくすると父が戻ってきた。

「お前、刑事から話を聞かれとったな」

「あの人、刑事やったんか」

「ぺらぺらしゃべりおって。あかんぞ」

その晩また、兄ちゃんの両親がぼくの家に来て、泣いていた。

「むすこのやつ、一人で釣りに行って、川に落ちたんかな」

ぼくは兄ちゃんが溺れるとは思えなかった。高い所から川に飛び込み、水かさが増そうとも、いつも上手に泳いでいた。
二、三日すると、前と同じ刑事がぼくの家にやってきた。兄ちゃんが何を言っていたかを聞かれたが、ぼくはほとんど話さなかった。父に怒られるのが怖かった。すると刑事は最後にこう言った。
「あの子は親に殺されたようや」

ぼくは驚いた。兄ちゃんが死んだ時、お母さんは泣いていた。あれはうその涙だったのだろうか。

刑事が語ったのは次のような話だ。

兄ちゃんの両親は、むすこを夜釣りに誘い、ボートから突き落とした。兄ちゃんが警察に調べられたら、家族で泥棒をしていたのがばれると思ったようだ。ぼくは悲しくなった。

「兄ちゃんはどんな思いで川に落ちたんやろ。ボートにはい上がろうとした時、どんな景色が見えたんやろう」

なぜか葬儀はぼくの家で営まれた。参列する人はほとんどいなかった。兄ちゃんの親も姿を見せなかった。警察に連れていかれたのかもしれないとぼくは思った。

第四章　電話が怖い

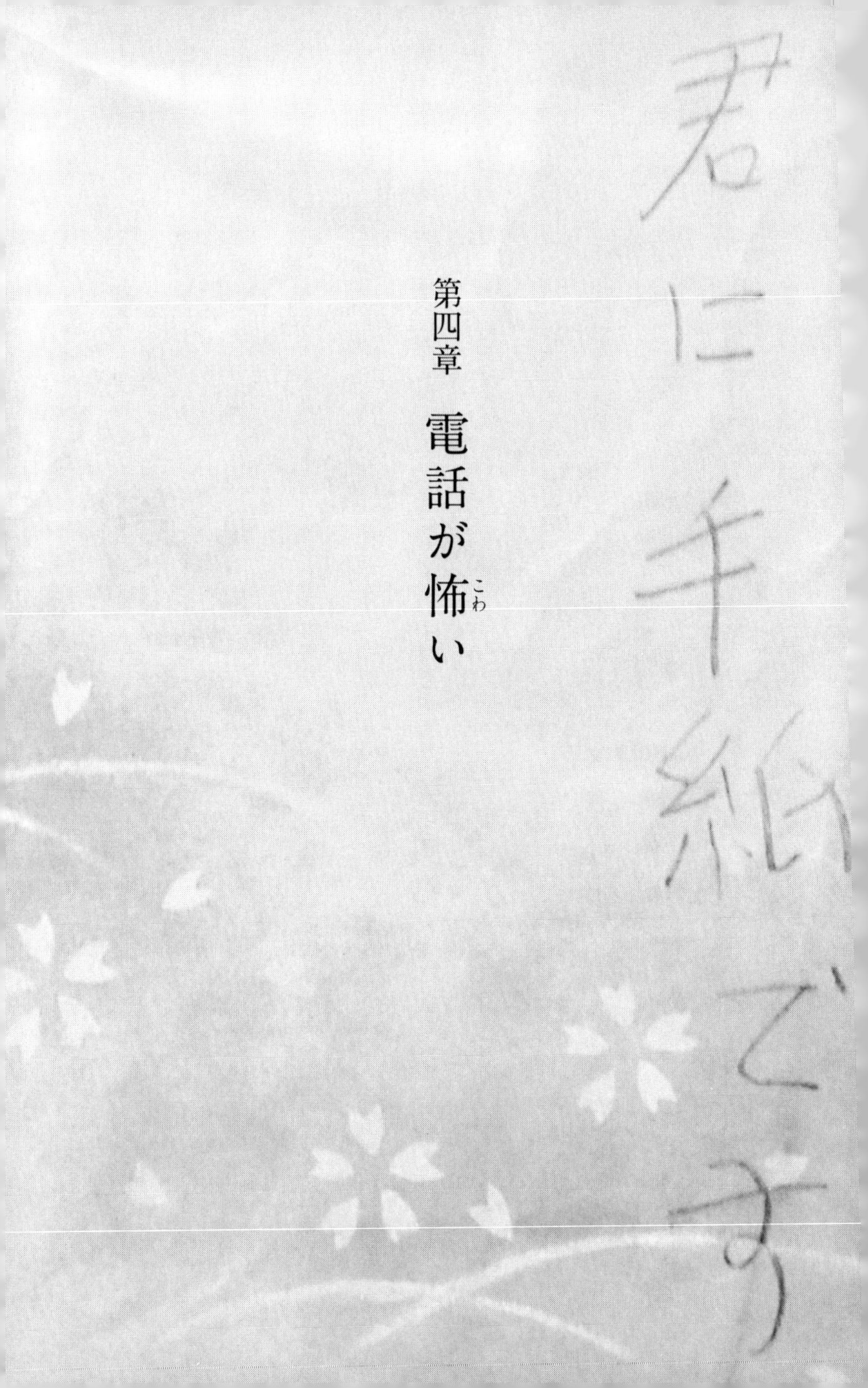

皇居で戦後初めて一般参賀があったのは一九四八（昭和二十三）年の元日だ。戦前は、特定の人たちが天皇に新年のお祝いを伝えていたが、この年から皇居を開放し、広く国民から祝福を受ける形に変わった。

戦争が終わって三年がたち、社会は少しずつ落ち着きを取り戻していた。前年にできた教育基本法は義務教育期間を九年と定めた。

ぼくは十二歳になった。学校に通っていれば、進学の準備に忙しくなるころだ。学校や教育委員会からは何の通知もなく、学校教育から見放されていた。そんなぼくにも人生の転機は訪れた。初めて働きに出たのだ。

宮井村には小さなパン屋があった。ぼくは時々、その店を手伝っていた。半年ほどした時、店主から言われた。

「保ちゃん、本店で働いてみる気はないか」

本店は三重県の熊野にあり、人手不足でアルバイトを求めているという。

帰って相談すると、父は「好きなようにせえ」と言った。

パン屋の店主に連れられ、木本町(きのもとちょう)の本店へ行った。いつもと同じ汚(よご)れたぼろの服を着て、わらで編んだ草履(ぞうり)を履(は)いていた。

工場に着くと、年配の職人が服と靴(くつ)を持ってきた。

「働く時は、これに着替(きが)えたらええ」

恐(おそ)らく、汚れた服のままパンを焼いてほしくないのだろう。

職人さんが作業工程を説明してくれる。一斗缶(いっとかん)にジャムやあん、クリームが入っていた。電気冷蔵庫はなく、氷を使った冷蔵庫には、酒造会社製のイーストが入っていた。職人さんが言った。

「イーストは生き物やから温度管理が難しいんや。外に放ったままにせんといてや」

本店には寮(りょう)があり、住(す)み込(こ)みでの仕事だった。いったん寮に入り、初めて銭湯に行く。料金は工場の人が払(はら)ってくれる。多くの人が裸(はだか)になっているのに驚(おどろ)いた。

夜中に工場へ行くと、男女合わせて八人ほどが黙々(もくもく)とパンを焼いている。ぼくはみんなに「よろしくお願いします」と頭を下げて回った。

パンは朝までに焼き上げ、周辺の店に配達される。朝の九時までに焼き上げねばならず、夜中の十二時からの仕事だった。

ガスは使わず、おがくずを燃料にした。エアコンもないため、工場は冬でも暑い。みんな薄着(うすぎ)

をし、汗まみれで働いている。

ぼくは最初、洗い物を担当し、その後、パン焼きを手伝った。教えてもらったわけではないが、職人さんがやっているのを見ながら自然に覚えた。

イーストを入れた生地は機械で練り上げられる。ぼくは重さをはかりながら一つずつ、切り分ける。あんやジャムを生地で包んでかまに入れ、時々鉄の棒でくるっと回す。失敗するとパンにおがくずが付いて台無しになる。それでも注意さえすれば、さほど難しい仕事ではなかった。

父の炭焼きは、冬になると手足が凍るほど冷たくなる。それに比べ、ここは寒さとは無縁だ。しかも、うれしいことに焼きたてのパンがいつでも食べられる。あんを生地に入れて、自分で焼いて食べた。いつも実家で腹をすかせていたぼくにとっては夢のような毎日だった。

寮は海に近く、いつも波の音が聞こえていた。朝と晩に食事が付き、白いご飯が食べられた。

ある日、まかないを担当する女性が、大盛りご飯に生卵を載せてくれた。

「西畑君、しょうゆをかけて食べてみて。おいしいで」

ぼくにとっての初めての卵かけご飯だ。しょうゆをかけて、勢いよく卵をかきまぜた。黄色くなったご飯を食らいつくように食べた。涙が出るくらいおいしかった。

　パン工場で働き始めてすぐ、「たかし」という名の少年と出会った。ぼくと同じ年で、八歳から、隣の豆腐屋で働いている。

　豆腐屋はパン屋同様、朝が早い。ぼくたちはたびたび顔を合わせた。たかし君は学校に通ったことが一度もなく、友人がほしかったのかもしれない。

　彼は歩くのが遅かった。足に軽い障碍があり、一緒に出かける時はいつもぼくが手を引いた。たかし君は痛いほどきつく手を握ってきた。

　熊野には江戸時代から三百年近く続く花火大会がある。会場は七里御浜海岸で、多くの観光客が訪れる。

　ぼくはたかし君と一緒に見に行った。生まれて初めての花火だ。砂浜に座って見上げていると、夜空に花火が開く様子が海に映えた。

　花火が終わると、観客はぞろぞろと帰っていく。ぼくたちには特にやることもない。待っている人もいないため、浜に寝転びながら話した。たかし君はぼくの手をしっかりと握る。空にはきれいな星が輝いている。ぼくは聞いた。

「どうして豆腐屋で働くようになったの？」

　たかし君がぼそぼそと答える。

「ぼくにはお父さんも、お母さんもいないんや。気づいたのは三歳くらいの時やった。それから、いくつもの親類や知り合いの家で預かってもらい、ここに来たのが八歳やった」

たかし君は両親のいない理由を説明せず、こう言った。

「いろんな人に育ててもらったけど、ここが一番好きや。みんな親切やから」

「お母さんとかお父さんに会いたいと思う?」

「生まれてから一度も、会ったことないから、わからへんわ。保ちゃんはお母さんいてるの?」

「ぼくが八歳の時、死んだんや。父さんは相須で炭焼きをしてる」

ぼくは本当の父が誰かも知らない。もちろん会ってもいない。ただ、育ててくれた父は健在だ。一度は養子に出されそうになったが、結局預けられずにすんだ。

たかし君は静かになり、強く手を握ってきた。ふと横を見ると涙を流していた。

勤め先について、「みんな親切や」と言ってはみたものの、口にできないつらさを味わってきたのではないか。

義務教育を受けるはずの年齢でありながら、学校に通わず、朝方まで働いている。似通った境遇を生きるぼくと話すうち、抑えている感情が隠せなくなったのかもしれない。

ぼくは学校に行かなくなった本当の理由を、家族にも言っていない。聞かれると、いつも「遠いからや」とごまかしてきた。貧乏を理由に泥棒扱いされ、つばを吐きかけられた。そんな事実を口にするのはあまりに恥ずかしく、なさけないと感じていた。

たかし君の涙を見ながら思った。きっと彼にも、他人には説明できないほどの悔しい経験があるのだろうと。

ぼくは話題を変えた。

「何が一番食べたいの？」

「豆腐や」

「豆腐ならいつでも食べられるやろ」

「新しい豆腐は売りもんや。ぼくが食べているのは、腐る寸前の豆腐や。作りたてのを食べたいわ」

「これからどうするの？」

「自分で豆腐屋を開きたい」

たかし君はきっぱりと言った。

ぼくはこのやりとりを通して、自分よりもさらにつらい環境で生きる人がいるのを知った。親の愛を知らず、足には障碍もある。それでもたかし君は目標を持ち、前を向いて生きていこうとしている。ぼくも夢を持ちたいと思い始めたのは、このころだった。

パン工場で二年間働き、実家に戻った。仕事は楽しく、たかし君と別れるのもつらかった。それでも、ずっとここで働く気はなかった。

本来なら中学を卒業する年齢が近づいている。アルバイトではなく、打ち込める仕事を見つけねばならなかった。


電話が全国に普及していた。一九四九（昭和二十四）年ごろには相須村にも引かれた。村人に電話がかかってきた時には、スピーカーで呼び出された。

実家に帰ったぼくに、父が番号を書きつけた紙を手渡した。

「村の真ん中あたりに、大きな家があるやろ。あそこに村の電話が付いたんや。誰でも使わせてもらえる。ここに電話番号を書いたから、『明日炭を送る』と伝えてきてくれ。相手は待ってくれている。早う、行ってくれ」

取引先への連絡だった。

すぐに家は見つかった。中に入ると、玄関脇の靴箱の上に黒い電話機が置かれてあった。その家には留守番の女性が三人いた。

「電話をかけたいんですが」

と、ぼくが言うと、一人の女性が台帳を出してきた。

「ここにあなたの名前と相手の名前、番号を書いてください」

「名前が必要なんですか」

「規則になっているんです。料金は台帳をもとに、後から払ってもらいます」

「ぼくは学校に行ってないので、字が書けんのです。代わりに書いてもらえませんか」

読み書きできないのを恥ずかしいとは思っていなかったので、正直に頼んだ。

女性たち三人が互いに顔を見合わせている。困っている様子が伝わってくる。

「実は私たちも字が書けへんのです」

女性たちは誰も学校に行っていなかったようだ。

「それは困ったな。誰か字を書ける人はいませんか。早う電話しろと言われてきたんです」

「困ったね。誰も字が書けないから、電話は使えないわ。主人が帰るまで待っててもらえますか」

一時間ほどして主人が帰ってくると、ぼくの持っていた紙を見ながら台帳に書き入れてくれた。ぼくは電話をかけてもらうと、用件だけを短く伝えた。

家に帰ると、父が言った。

「すぐそこまで行くのに、どれだけかかっとんのや。どっかで遊んどったんやろ」

「遊んでへん」

「何でこんなに遅いんや。相手は電話を待っとるのに」

「字が書けへんからや。台帳に名前を書けと言われたから、家の人が帰ってくるのを待っていたんや」

ぼくがそう説明すると、父はもう何も言わなかった。

「字が書けないと困る場合があるんだ」

ぼくはそう思いながらも、この時はまだ、さほど深刻には考えていなかった。

就職の話が持ち込まれたのは一九五〇（昭和二十五）年の夏だった。話を持ってきてくれたのは「木村さん」という男性だ。奈良県御所市を拠点に和歌山、三重周辺で薬を売りながら、若者に就職を世話していた。人手不足の店や工場に働き手を紹介し、斡旋料を受け取っている。

木村さんは時々、相須の村を回って、薬を置いて帰る。その都度、ぼくの家にも顔を出した。

ある時木村さんが父に言った。

「保ちゃんに働き口があるんやけど、どうかな」

御所の食堂が従業員を募集しているという。ぼくはその場では、決心がつかず、木村さんはいったん引き上げた。

どんな職場なのかもわからず、ぼくは悩んだ。すると父が言った。

「木村さんには世話になっているからな」

「それやったらぼく行くわ」

父はぽつりと言った。

「お前は小学校を出ていない。読み書きで苦労するやろな」

パン工場では苦労はなかった。父の言葉を聞き、次の職場では読み書きする必要があるのだろうかと思った。

電話をかけようとした時に、相手の名前を書くよう求められた。それができないため一時間も待たされた。これから同じような経験をするのかもしれない。電話をかける時に読み書きで苦労したため、父はぼくの将来を気に掛けていたのだ。

詳しく聞いてみると、御所の食堂には寮があって比較的給料がよく、料理人として手に職をつけられそうだった。

木村さんから「明日、迎えに行く」と連絡が入った。

アルバイトで働いたパン工場と違い、正式な就職だ。簡単には実家に戻れない。それを思うと眠れなかった。

翌朝も寂しさは募った。きょうまで育ててくれた父や家族と別れなければならない。そう考えると涙が出た。

昼になって木村さんがやってきた。家族と一緒に最後の食事をする。粥のご飯だった。食べている時、父は何度も「保のことをよろしく頼みます」と頭を下げた。

木村さんと一緒に宮井のバス停まで歩く。草履ではなく靴を履いていた。

真知子姉さんが一緒に来てくれた。会話はほとんどなかった。ぼくは時間が長く感じられた。

バスが近づいてくる。ぼくの前で停まった。

ゆっくりと乗り込み、窓から下を見ると姉さんが手を振っている。ぼくも小さく振り返す。

エンジンの音が大きくなり、バスがゆっくりと走り出した。姉さんを見ると、悲しそうな顔をしていた。


姉さんの姿はすぐに小さくなって、消えてしまった。

バスは大きな音を上げながら走っていく。木村さんの隣に座り、過ぎゆく景色をながめていたら、「みなと」の兄ちゃんと二人で海を見るために歩いた日を思い出した。あの時は、手足が冷えて凍りそうだった。年寄りの夫婦にぜんざいやイモを食べさせてもらい、靴下とぶかぶかの長靴をもらった。

バスやトラックに何度も追い抜かれた。二人で手を上げても、止まってくれなかった。そのバスに今、ぼくは乗っている。

新宮駅に着いた。兄ちゃんと一緒に来た駅だ。あの時、蒸気機関車を見ながら、ぼくたちはなった。

「今度、二人であれに乗ろう」と約束した。指切りまでしたのに、兄ちゃんは翌日、帰らぬ人と
「こじきの子」と見間違われる格好で、震えながら一夜を過ごした、あの待合室があった。兄ちゃんはあの時、泣きながら「保ちゃんともしばらくお別れや」と言った。結局、「しばらく」ではなく、「永遠」の別れになってしまった。

大阪の天王寺行きの汽車に乗る。ぼくにとって初めての汽車だ。駅を出て窓から外を見ていると、学校でのけ者にされた経験や母の故郷を訪ねた日が思い出された。

「もしあの家の子になっていたら、今ごろは学校で勉強したり、友だちと遊んだりしていたのかもしれへんな」


天王寺を経由して近鉄線で御所駅に着くと、木村さんの奥さんが迎えに来ていた。ぼくは「よろしくお願いします」とあいさつした。

その日は木村さんの家で夕飯を食べた。白いご飯だ。木村さんが言う。

「保ちゃん、明日から白いご飯がたくさん食べられるからな」

その夜は木村さん宅に泊まる。きれいな厚い布団だった。汚してはならないと思うと、ゆっくり眠れなかった。

ぼくの勤める店は御所駅の近くにあった。終戦直後に創業した食堂で「カレーうどん」が名物だ。寿司や丼物、定食も出している。

木村さんと一緒に昼ごろ着くと、経営者の部屋に案内された。座って待つと、奥さんが入ってきた。その後ろから、経営者が入ってくる。木村さんが説明した。

「この子は小学校を一年しか通っていません」

「それは聞いています」

ぼくは、ほっとした。

店の人がうどんを出してくれた。食べると汗が出てきた。客用ではなく従業員が食べるためのうどんなのか、変な臭いがした。

木村さんと別れ、その日は寮で休んだ。

翌日からさっそく仕事だ。食堂に行くと、料理人やホールスタッフなど大勢が働いていた。昼と夜でスタッフが入れ替わるため、従業員が何人いるのかわからない。後で数えてみると男性が八人、女性が十人いた。

店には初めて目にするものが多かった。ここでは明々と電灯がともり、電話もある。

ぼくの仕事は洗い物と掃除、洗濯だ。厨房での皿洗いのほか先輩たちの衣類、長靴、高下駄も洗う。朝の八時から働き始め、終わってみると夜の八時を過ぎていた。いつも疲れきって寮に帰る。

店では、大きな鍋で白いご飯を炊いていた。熱々のご飯を食べるのはお客さんで、従業員が口にするのは冷えたご飯だ。それでも実家の粥を思うと随分ぜいたくだった。

働き始めて一週間ほどしたころ、炊事係のおばさんが炊きたてのご飯を大きな丼に入れ、生卵を落として、しょうゆをかけてくれた。

「西畑君、これ食べてごらん。熱いご飯はおいしいから」

こうした優しいおばさんがいる一方、調理長はいつも怖い顔をしている。経営者の親類で、若い従業員をいじめては喜んでいた。

寮で生活している従業員は閉店後、銭湯に行く。調理長と一緒になると、背中を流すよう命令された。先に銭湯を出る者は調理長の履き物をそろえて待つ。調理長がたばこを吸う時、若い従業員がさっと火をつけていた。ぼくはできるだけ調理長を避けていた。

出前の寿司を食べた客から、怒ったような声で電話が入った。

「シャリ（寿司のご飯）に味が付いてないいやないか」

味付けをしたのは調理長だ。塩を加えるのを忘れていたのだ。それなのに調理長は、みんなの前でこう言った。

「まいったわ。チビが塩を入れ忘れよった」

ぼくは調理長から「チビ」と呼ばれていた。何を言われても、怖くて言い返せなかった。

ぼくは一日十二時間、働いた。修業だと言い聞かせても疲れがたまる。風邪をひいて出勤できない日もあった。

寮は店の二階だ。寝込んでいると、女性のスタッフがご飯を食べに降りてくるよう声をかけてくれた。お腹をすかせながらも、ぼくは降りていけなかった。

以前、病気で休んだ先輩が、ご飯を食べようと店に降りた時、調理長がこう言った。

「寝ているだけでも腹は減るんやな」

それを覚えていたぼくは、お腹がすいてもがまんしようと決めた。

それよりもつらいのはトイレだった。必要な時は店の便所を使う。先輩たちが忙しく働いている中を通らねばならない。嫌みを言われるに違いなかった。がまんができず、ぼくは二階の窓から小便をした。

休みの日に寮で掃除をしていると、棚の奥から、丸く固まった古い新聞が出てきた。

「何がくるんであるんかな」

新聞を開くと、中から乾燥したうんちが出てきた。病気で休んだ若い従業員ががまんできずに、ここで済ませたに違いない。その従業員の気持ちが痛いほどわかった。

親切な先輩も少なくなかった。寮で休んでいると、おにぎりとお茶を持って上がってきてくれる。調理長たちに理不尽な扱いを受けながらも、そうした先輩に助けられながら、修業を続けていた。

家に帰ろうとは思わなかった。自分は学校教育を受けず、読み書きができない。生きていくには手に職をつける以外に道はない。一生懸命働いて、早く一人前になりたかった。

勤め始めて半年ほどすると、皿洗いや掃除の担当から、調理の手伝いやホールで注文を受けたりするようになった。

最初にホールに出たのはほとんど客がいない時だ。一人の男性客が入ってくると、女性スタッフから言われた。

「西畑君、注文を聞いてきてくれる?」

「ぼくにできるかな」

「注文を聞くだけやから」

緊張しながらテーブルにお茶を持っていった。

「いらっしゃいませ」

客はメニューを見ながら言った。

「カレーうどんをもらうわ」

「はい、カレーうどん一丁」

ぼくが大きな声で注文を伝えると、料理人は調理を始め、女性スタッフが勘定書きに注文の品を書き込んでくれた。


次は客がどっと入ってきた時だった。ホールの手が足りなくなった。

「西畑君、あそこのお客さんを頼むわ」

ぼくは四人がけテーブルに行った。

「いらっしゃいませ」

男女四人がメニューを見ながら相談している。その間も次々と客が入ってきて、店内がばたばたしてきた。スタッフはそれぞれ担当する仕事をこなしている。

ぼくは祈った。同じ品物を注文しますように。四人が別々に注文したら覚えられない。メモをとれないからだ。

心配しながら待っていると、客の一人が言った。

「カツ丼と親子丼、カレーうどんを二つ、お願いします」

何とか覚えられる。ぼくは忘れないうちに、大声で厨房に伝えた。

「カツ丼一丁、親子一丁、カレーうどんを二つです」

スタッフはみんなばたばたしている。返ってきた声に、ぼくはどきっとした。

「西畑君、さっきの注文を書いて、厨房に渡してくれるか」

忙しい時には、料理人たちも注文を覚えられない。間違いをなくすため、勘定書きに注文された品を書き込む必要があった。

困った。ホールのスタッフや料理人は知らないのだ。ぼくが字を書けないのを。

このまま店を飛び出したかった。体が動かない。ぼくの周りだけ、時間が止まってしまったようだ。

どうしよう。どうしたらいいのだろう。焦りが募る。

ぼくの気持ちも知らず、客は続々と入店し、店員は忙しく注文を聞きに回っている。

「西畑君、早うして。次は向こうのテーブルを頼むわ」

ぼくは思い切って、若い女性スタッフに頼んだ。

「悪いけど、代わりに勘定書きを書いてくれませんか」

女性は何も疑うことなく、ぼくの受けた注文を書いて厨房に回してくれた。

そんなことが何日か続いた。ぼくはごまかしながらやっていた。しかし、さすがに毎度毎度、代筆を頼んでいると不思議がられる。店員の一人にこう言われた。

「どうしていつも頼むんですか。自分で書いてくださいよ」

言葉に悪気はなかった。書けないとは想像すらしていないのだ。ぼくは親しくなりかけた女性店員に小声で頼んだ。

「実はぼく、学校に行ってないから字をよう書かんのです」

「えっ？」

思わぬ告白に驚いているのが伝わってくる。まるで宇宙人にでも出くわしたかのような顔をしている。字を書けない人間の存在が信じられないようだ。

「漢字で書く必要はないんです。カツとかオヤコとか、ひらがなでもカタカナでもええんですよ」

「それも書けへんのです」

女性はぼくの注文を書いてくれた。

その後、ぼくを見るスタッフの目が変わった。スタッフ同士がひそひそと会話しているのを見ると、「西畑君は字が書けへんのや」と言われているように思えた。

この食堂は、電話で出前を受けていた。ぼくはメモがとれないので、電話には出ないようにしていた。

ある日、自分しかいない時に電話が入った。

「電話ですよ」

ぼくは大声で叫んだ。呼び出し音が鳴り続ける。仕方なく受話器をとって耳にあてた。

「遅いな。どれだけ待たせる気や。休みかと思ったで。出前してほしいんや」

「ちょっと待ってください」

ぼくは店員を探したが、見つからない。

「今、注文を受けられる人がいないんです」

「兄ちゃん、冗談言うたらあかんで。あんたがいるやんか。出前は夕方でええから」

ぼくの意向を無視して、相手は注文を口にした。

「カレーうどんを一つとカツ丼を一つや」

ぼくはほっとした。これなら覚えられる。

「カレーうどんとカツ丼ですね」

「そうや」

と言うと、名前と住所を言った。ぼくは、それが覚えられない。何度も聞き返しているうちに、相手はいらだってきた。

「何回言うたらええんや。ちゃんとメモ、とってるか」

ぼくが困っていると、先輩がやってきて電話を代わってくれた。ぼくは礼を言った。

「ありがとうございました」

「お前、メモもとれへんのか」

「学校に行ってないから字が書けないんです」

「役立たずやな」

ぼくは電話が怖くなった。

他の従業員も次第に、ぼくが読み書きできないと気づいた。そのため多くの場合、出前の注文とわかった途端、近くにいる先輩が電話を代わってくれる。ぼくの横でメモしてくれる優しい先輩もいた。一方、意地の悪い先輩は、わざとぼくに電話をとらせ、困っている様子を楽しそうにながめていた。

新しく入ってきた女性アルバイトにベテラン料理人がこう説明していた。

「西畑のチビは字が書けへんのや」

「何でですか」

「学校に行かんかったらしい」

「でも、中学までは義務教育ですよね」

「小学校も行ってないらしいわ」

字が書けないと、こんなにつらく悔しい思いをするのか。

ぼくは知った。文字を知らない者は一人前の人間として扱ってもらえないのだ。

夜になっても、読み書きについて考えると寝付けなかった。電話で注文を聞き、必死でメモをとろうとあがいている夢を何度見ただろう。「リリーン、リリーン」と電話の鳴る音が耳を離れない。父の言葉を思い出す。

「お前は小学校を出ていない。読み書きで苦労するやろな」

調理長には「こら、チビ」と怒られ、電話が鳴るのも怖い。そんなぼくをなぐさめてくれたのは「ダン」という名の大型犬だった。

茶色と黒のジャーマンシェパードで、裏庭の小屋で飼われていた。ぼくは調理長にいじめられるといつも、裏に回って小屋で横になった。休憩時間には一緒に散歩をする。仕事が終わった後、小屋で横になりそのまま寝てしまった日もあった。

正月休みに三日間、帰省した。休みが明けて店に戻ると経営者がこう言った。

「ダンの調子がよくないんや。ご飯も食べないし、水も飲まへん」

すぐに裏庭に回り、小屋をのぞいた。

「ダン、ダン」

名を呼ぶと、ダンは顔を上げてぼくを見た。悲しそうな目をしていた。

「どうしたんや。苦しいんか」

小屋に入ってダンと一緒に横になった。それからすぐだった。ダンは静かに息を引きとった。

「ダンはぼくが帰るのを待っていてくれたんや」

体をなでていると涙が出てきた。いじめられた時、恥ずかしい思いをした時、その気持ちをなぐさめてくれたのはダンだった。動かなくなった体をなでながら、ぼくは声をかけた。

「ありがとう、ダン」

店が休みの日には、木村さんの家でご飯を食べさせてもらった。就職を世話してもらった若者が何人か集まっていた。テレビも一緒に見る。

勤め始めて三年が過ぎたころ、ぼくは出前先で受け取ったお金をなくしてしまった。自分の月給よりも高額だった。このまま店に戻ったら、きっと先輩に怒られる。

「出前の注文もとれへんのに、お金はなくすんやな」

投げつけられるであろう言葉が、耳の奥でこだまする。

どこでなくしてしまったのか。あちこち探しても見つからない。どうしたらいいのだろう。途方に暮れたぼくの足は木村さんの家に向かっていた。

玄関に入ると、奥さんが出てきた。

「西畑君、どうしたの？　きょうは休みと違うやろ」

ぼくは言葉が出ない。黙っていると、奥さんは言った。

「何か嫌なことでもあったんか」

「違うんです。ぼくが失敗してしまったんです」

「何をやったの？」

お金をなくしたと打ち明けると、奥さんは「店には黙っているんやで」と言って、お金を貸してくれた。

地獄に仏を見た。社会には嫌な人間がいるのと同時に救ってくれる人もいる。ぼくはそれから毎月、給料をもらうと少しずつ返済していった。

食堂で働き始めて四年になるころには、ホールや出前での仕事をしながら、料理人として焼き物を担当したり、包丁を握ったりするようになる。

楽しみもできた。テレビでのプロレス観戦だ。力道山が日本でプロレスの協会を設立したのが一九五三（昭和二十八）年だ。翌年、テレビ中継が始まった。ぼくは十八歳になっていた。

銭湯の近くで住民が料金をとって家のテレビを見せていた。人気番組はプロレスだ。力道山が出る日は、テレビの前に集まる客は三十人にもなる。

仕事が終わると、ぼくたち寮の人間は毎日、銭湯で汗を流す。その料金は店が出してくれた。店にはテレビの視聴料は銭湯代とほぼ同じだ。

プロレス中継の日、ぼくは店から代金をもらいながら銭湯には行かず、テレビを見た。店にばれないよう、帰りにタオルを水で濡らして顔を洗った。

ぼくはそのころ、ある女性と仲良くなりつつあった。相手は近所に住む若い女性で、客として何度か来店しているうちに話すようになった。女性は映画が好きだという。ぼくもたった一つの趣味が映画鑑賞だった。

「今度の休みに一緒に映画に行きませんか」

相手はうなずいてくれた。

御所駅で待ち合わせ、そこから一緒に大和高田の映画館に行く予定だった。映画の後、食事でもしようと思っていた。

いよいよ初めてのデートだ。ぼくは身なりを整え、五分前に駅に着いた。どんな話をすれば喜んでもらえるかなと思い巡らせた。

十分が過ぎた。女性は現れない。何かあったのかもしれないと思った。

三十分たった。まだ、姿は見えない。忘れているのかもしれない。

一時間が過ぎる。もう映画には間に合わない。

あきらめて帰りかける。その時、伝言板にぼくの名が書かれているのに気づいた。字の読めないぼくでも、「西」と「畑」の字がぼくの名を表しているのはわかっている。

その下に短いメッセージが書かれていた。ぼくには内容がさっぱりわからなかった。

次の日、店にやってきた彼女は怒っていた。

「すっぽかすとはひどいやないですか」

「駅で一時間、待っていたんやけど」

「伝言板に書いておいたでしょう。先に行くって」

「ごめん、伝言板に気づかんかったわ」

「待っている人が来なかったら、伝言を読むでしょう。そんなに気が回らへんのですか」

「ほんまにごめんなさい」

予定を変更したのは相手だ。でも、どれだけ怒られようと、ぼくは言い返さなかった。店の仲間から、「西畑は字が読めへんのや」と口をはさまれるのが怖かった。読み書きできないことを知られたくなかった。

街では生活の隅々に文字が使われている。文字が読めるのを前提に社会は動いている。読み書きできない者は排除されてしまう。ぼくは日々、それを実感していた。

第五章　いやしのホルモン

ぼくは一九五六(昭和三十一)年一月、二十歳になった。誕生日の十日後が「成人の日」だ。多くの若者は地元で同級生と顔を合わせる。ぼくは何もしなかった。そもそも同級生がいない。実家にも帰らなかった。

その年の七月、参議院議員選挙があった。ぼくは初めて投票に行った。店のスタッフの会話から、自民党の新谷寅三郎さんと日本社会党の日下博さんが争っているらしいことはわかった。

ぼくは二人の候補者の名前が読めなかった。もちろん書けるはずもない。「西」や「畑」といった自分の名前と同じ漢字なら、それだけを一生懸命覚えて、投票しようと思ったが、候補者二人には「西」「畑」「保」のいずれの字も使われていない。投票所で用紙を受け取ると、ついての中に入り、書くふりをして白紙のまま投票した。

二十一歳になった時、出前担当の従業員が辞めた。彼は原付きバイクに乗れたため、遠くまで出前できた。ぼくは自転車にしか乗れず、出前に行くのも近くに限られる。

買い出しに出るにもバイクが必要で、後輩に頼むしかない。バイクに乗れないためぼくは、後輩にも気を遣わねばならなかった。免許を取ろうにも、字の読み書きができない。運転免許試験を受けるなんて不可能だ。免許は一生、無理だろう。ベテラン料理人になったとしても、後輩の機嫌をうかがうのかと思うと気が滅入ってくる。

店の経営者はぼくにバイクの免許を取得させようとした。みんなはぼくが字の読み書きができないのを知っていたが、勉強すれば何とかなると考えたようだ。

「バイクに乗れへんと、仕入れにも行ってもらえへんからな」

「急ぎの出前にも自転車では間に合わへん」

「何回か試験を受けたら、大丈夫やろ」

先輩たちは簡単に言ってのける。字の読める者に、読めない者の気持ちはわからない。そんな簡単に読めるようになるはずがない。ぼくはそう思いながらも口にはしなかった。誇れることではないのだ。

とにかく試験に挑戦だけでもするように言われた。気のいい先輩が手続きをしてくれた。

ぼくはとにかく自分の名前だけは書こうと、「西畑保」と何度か書いてみた。それさえうまく書けなかった。

試験のため教則本を買ってページを開いた。何が書いてあるかまったくわからない。小学一年生の時、ひらがなとカタカナは習っているはずだが、この十五年間でほぼ忘れてしまっている。小さいころは、覚えるのが早いぶん、忘れるのも早いようだ。

試験は十二月二十三日だった。会場に入ると、受付には五十人くらいが列を作っている。ぼくはまず試験官に、「仮名を振った問題用紙はありませんか」と聞いた。漢字が読めない受験生が少なくなかったのだろう。係の男性は「ありますよ」と言って、振り仮名付きの問題用紙を用意してくれた。

「始めてください」

試験がスタートした。周りの受験生と同じように問題用紙を開く。確かに振り仮名が振ってある。

一文字ごとに目をこらしてみる。やっぱり読めない。あきらめて帰ろうかと思った。しかし、途中退席しては、手続きをしてくれた先輩に悪い。問題は「〇」か「×」を選べばいい。適当に「〇」と「×」を書き込んだ。試験が終わり、しばらくすると試験官が言った。

「合格した人の名を読み上げます」

次々と名前が呼ばれていく。間違って自分の名が呼ばれないだろうかと思ったが、そんなはずはない。結局、二十人ほどが不合格となり、もちろんぼくもその中にいた。

「やっぱり無理やわ」

帰り支度をしていると、試験官が不合格者に言った。

「明日は何の日か知っているか」

みんなはきょとんとした顔をしている。

「何の日やったかな……」

「クリスマスイブや。サンタクロースがプレゼントをしてくれる。あんたたちにも贈り物がある。もう一度、チャンスをやるわ」

何度、試験をしてもらったところで、字が読めるようになるわけではない。ぼくは問題用紙を開いて、ため息をついた。

「やっぱりあかんわ」

試験が終わり、合格者名が読み上げられる。ぼくを含む五人が不合格だった。

それでもサンタは優しかった。三度目の試験をしてくれた。ぼくはとにかく答案用紙に「〇」と「×」を書き込んだ。他の四人もぼくと同じく、読み書きが不得意だったのかもしれない。みんな悩みながら、答案を書き込んでいる。

そして、三度目の発表があった。次々と名前が呼ばれていく。

「西畑保」

「えっ？」

まさか自分の名前が呼ばれるとは思わなかった。

結局、五人全員が合格していた。

ぼくは試験官の前に行って頭を下げた。

「ありがとうございます」

「最後まで、よう頑張ったな」

試験官は、ぼくが字を読めないのを知っていたはずだ。答案を見れば、それは一目瞭然だ。

和歌山の山奥から出てきて、「あいうえお」さえも書けないぼくがバイクに乗れるとは想像もしなかった。一人前の人間として扱ってもらえた。目がうるみ、試験官の顔がかすんだ。世の中にはサンタがいて、大人にもプレゼントをくれるのだ。


翌年、ぼくは二十二歳になった。同じ年齢の長嶋茂雄は巨人軍に入団し、開幕早々大活躍していた。ぼくにも転機が訪れる。

大和高田の駅前で石原裕次郎主演の映画「錆びたナイフ」を見た帰りだった。ぼくは毎月、裕次郎の映画を見ていた。作家の石原慎太郎はこの三年前の一九五五（昭和三十）年、一橋大学在学中に『太陽の季節』を書いて、翌年、芥川賞を受けた。その年に映画化され、主演したのが弟の裕次郎だった。映画を見ている間、ぼくは裕次郎になった気持ちでいられた。

映画館を出ると、近くの寿司屋「あけぼの食堂」の窓に「店員募集」の貼り紙があった。ぼくは読めないものの意味は理解できた。御所の食堂も同じ紙を貼って、人を募集していたからだ。ぼくは貼り紙を見た時、発作的に店を変わろうと思った。

今の職場では、「チビ」と怒鳴られる。後輩と二人で大阪・鶴橋に買い出しに行くよう命じられ、買うべき品を書いたメモ用紙を渡される。調理長はそんな時、わざわざ辞書を引いて、普段使わない難しい漢字を書いた。例えば、「えび」と書いてあれば、ぼくでも何となく理解できる。それを「蝦」と書くのだ。鶴橋の魚屋でメモを見せると、「えらい難しい漢字で書いてあるな」と驚かれた。

電話をとるのも怖い。別の店なら、いじめられないかもしれないと思った。

迷いながら、店の前を行ったり来たりした。踏ん切りがつかなかった。

その様子を見ていたのだろう。女性店員が出てきた。

「何かご用ですか」

ぼくは勇気を出して口にした。

「働かせてもらえへんかなと思ったんです」

とにかく中で話すことになった。客は誰もいなかった。椅子に座っていると主人が出てきた。

「働きたいんですか」

「表の貼(は)り紙(がみ)を見たもんで」

「料理の経験は」

「はい、七年ほどやっています。一通りのことはできます」

「ということは中学を出て、すぐに働き始めたということですね」

主人はうれしそうだ。気に入ってくれたのだろう。さっそく鉛筆(えんぴつ)と紙を持ってきた。

「じゃあ働いてもらうわ。ここに住所と名前、連絡先(れんらくさき)を書いてくれるか」

ぼくの体は固まった。手が動かない。鉛筆を持てば、震(ふる)えてしまうだろう。紙をにらみつけている異常な姿に主人が気づいた。

「どうしたんや」

ぼくは下を向いたままで、顔を上げられない。

「よう書かんのか」

奥(おく)さんがやってきた。

「自分の名前も書かれへんの？」

ぼくはのどの奥から声を絞(しぼ)り出(だ)した。

「小学校には、一年間しか行っていないんです」

主人と奥さんは目配せをして裏に消えた。小さな話し声が耳に届く。

「まじめそうやし、良さそうな子やから、あたしは働いてもらえたらと思うねんけど」

「そやけど注文も聞けんやろ。品物名も書かれへんのやったら、やっぱり難しいかな」

「出前の電話もとれへんな」

ぼくはやりきれなくなった。読み書きができない者は一人前の人間ではないのだ。元の食堂に戻ろうと思い、静かに店を出た。駅までの道も足が重い。これからずっとこの重さを引きずって生きていくのかと思うと、涙がこぼれそうになる。

さっきまでは裕次郎の映画で、はればれとした気持ちになれたのに、その感動も完全にかき消された。駅の待合室に入るとため息が出る。

列車を待っていると、女性店員が駆け込んできた。

「大将が来てくれと言ってます」

店に戻ると主人と奥さんが待っていた。促されてその前に座ると、主人が笑顔を見せた。

「明日から働いてみるか」

「えっ？　字が書けへんでもええんですか」

「何とかなるやろ」

ぼくは驚いた。

「はい、お願いします」

頭を下げると、奥さんが言った。

「つらいことがあったら、何でも相談するんよ」

ぼくは「あけぼの食堂」への転職を決め、いったん御所の寮に戻った。就職を世話してくれた木村さんには済まないと思った。調理長も怒るだろう。それを想像すると朝まで眠れなかった。

夜明け前に布団を出て、所持品を紙袋に詰めた。寮のみんなはまだ寝ている。ぼくは誰にも言わずに朝一番のバスで大和高田に向かった。

「あけぼの食堂」で働き始めて驚いた。女性が寿司を握っていたのだ。主人のお嬢さんで、化粧が濃くて爪にマニキュアをしていた。当時の料理界の常識からはかけ離れていた。

夜になると、彼女目当ての男性客がカウンターに並んだ。寿司屋というよりスナックのような雰囲気だった。

しばらくした時、奥さんが言った。

「この町にはたくさんの外国人が住んでいてね。学校には行ってないのよ」

ぼくは市内のあちこちに出前をして回っていた。それでも外国人の姿は一度も見かけない。

「奥さんは妙なことを言うな」と思っていた。

この食堂には毎朝、リヤカーで残飯を取りに来る男性が二人いる。顔なじみになったぼくは声をかけた。

「その残飯、どうするんですか」

「ブタの餌にするんや」

　答えるのは決まって片方の人で、もう一人は返事すらしなかった。話す方の男性は映画鑑賞が趣味だと言った。

「きょうは昼から仕事が休みや。裕次郎の映画を見に行くんや」

ぼくも休みの日はいつも映画を見た。朝から晩まで三館をはしごした日もある。字幕が読めないため、外国映画は理解できない。裕次郎が活躍する日活映画はストーリーがわかりやすく、理屈っぽくないため、ぼくの趣味に合った。

　残飯を集める男性と映画の話をした。彼の言葉には独特のなまりがあり、やや聞き取りにくかった。ある日、奥さんにこう言った。

「残飯を集める人は言葉が通じにくいですね」

「あの人たちは朝鮮人やから」

「ひょっとして外国人というのはあの人たちですか」

「そうや。朝鮮人は外国人よ」

ぼくは初めて、日本にいるコリアン（韓国人・朝鮮人）が外国人だと知った。それまで外国人とはアメリカ人を意味し、コリアンは日本人だと思っていた。

奈良には戦前から、銅山や紡績工場で働く朝鮮半島の出身者が暮らしていた。戦争末期の一九四四（昭和十九）年には天理市で、大和海軍航空隊の飛行場（通称・柳本飛行場）の建設工事が始まり、多くの朝鮮人労働者が動員されたり、強制連行されたりしていた。

店から少し離れたところに池があり、その周りに在日コリアンの家が十五軒ほど並んでいた。「あけぼの食堂」の主人はよく酒を飲み、ぼくにどぶろくを買ってくるよう頼んだ。在日コリアンの女性たちが作る安酒だ。

どぶろくを買いに行こうとブタを飼っている家の前を通ると、残飯とブタの混じった臭いが鼻を突いた。

その家には、十歳から十五歳くらいの子どもが三人いた。学校には通わず、いつも家の周りで遊んでいた。酒を買って帰ろうと家の裏に目をやると、汚れた服のおばさん三人がブタに餌をやっていた。

ぼくは突然、母を思い出した。母も汚れた服を身につけ、イノシシに餌をやっていたのだ。母の記憶はほとんどないのに、突然その情景が浮かんできたのが不思議だった。

母を思い出しながらブタを見ていると、おばさんから声をかけられた。

「兄ちゃんは日本人か」

「はい」

「わしは朝鮮や」

これをきっかけに、おばさんたちと話をするようになった。そしてある日、食事に招かれる。

「今晩、ホルモン焼くんや。食べに来るか」

夜になって訪ねると、男女それぞれ八人ずつが集まっていた。その中にはいつも残飯を集めに来る二人の男性もいる。

ぼくは目礼して家に上がった。動物の臭いが充満していた。おばさんたちは台所で牛の内臓を洗い、周辺には湯気が立ちのぼっている。牛の内臓が洗われていくのを見ていたぼくは、習慣の違いにたじろいだ。

しばらくすると肉を焼く匂いがしてきた。みんなと一緒にホルモンを食べた。強いニンニクの匂いがして、口にすると抜群にうまかった。

朝鮮語での会話は理解できなかった。おばさんが日本語で話しかけてくれる。

「日本にはいい仕事があると聞いて来たのに、汚い仕事しかなかったわ」

ぼくは腹一杯、ホルモンを食べた。残飯集めに来る男性が言った。

「いろんなところに残飯を集めに行っていると、中にはわざとビンのかけらやくぎを入れる店がある。だからこう言うたんや。『残飯の中に割れたガラス片が入っていました。残飯だけにしてくれませんか』と。そしたら店の人に言われた。『もう明日から来るな』と」

ぼくは初めて知った。コリアンの人たちは日本人に嫌がらせをされ、侮辱されながら生きている。

店の休みにはよく、その家を訪ねてコリアンの人たちと会話した。そこには読み書きについて気にする必要のない、優しい世界が広がっていた。

第六章　巻(ま)き寿司(ずし)の少女とその家族

「あけぼの食堂」で働き始めて二年が過ぎたころ、以前勤めていた御所の食堂経営者が会いたいと連絡してきた。ぼくは黙って店を辞めているため気が重かった。

指定された喫茶店に行くと、経営者は奥さんと二人で待っていた。ぼくの姿を見ると、笑顔を作った。

「久しぶりやね。元気でやっていたか」

ぼくは頭を下げる。

「あの時は黙って辞めてしまい、すみませんでした」

「気にせんでええ。西畑君もつらかったんやろ」

しばらく雑談すると経営者はこう持ちかけてきた。

「戻ってくれへんかな。お願いや」

奥さんも「お願いです」と頭を下げている。

戦後復興の波に乗り、日本人は豊かになりつつあった。経営者は支店をいくつか出す計画を立て、料理人を必要としていた。ぼくはすぐに答えが出せず、「ちょっと考えさせてください」と言って喫茶店を出た。

「あけぼの食堂」の主人や奥さんは親切だった。読み書きできないぼくを受け入れ、「何でも相談して」と言ってくれている。

一方、自分の腕を磨くには、御所に戻った方がいいとも思う。「あけぼの食堂」では、女性が爪にマニキュアをした手で寿司を握り、多くの客は彼女を目当てに来店している。ぼくはそれが好きではなかった。

一ヵ月ほどすると、また御所の経営者がやってきた。

「手が足りないんや。すぐにでも来てほしい。この通りや。助けてください」

深々と頭を下げた。ぼくは悩んだ末、戻る決意をした。自分を必要としてくれているのが伝わり、助けたいとの気持ちが湧いた。

「あけぼの食堂」でこの経緯を説明すると、主人や奥さんは「辞めんといてほしい」と言った。それでもぼくは、「これまでの恩は忘れません」と伝えて店を辞めた。

その足でコリアンの人たちの集落に向かう。ホルモンの礼を伝えたかった。

「御所に戻ることになりました」

「それは寂しくなるな。あんたと別れるのはつらいわ」

「ぼくも悲しいです」

おばさんたちの姿を見ていると、幼いころに見た母を思い出す。

「ホルモンは本当においしかったです。ありがとうございました」

「心から話のできた日本人はあんたが初めてや」

おばさんの目にはいつの間にか涙が浮かんでいた。それを見ていると、ぼくも泣けてきた。

ふたたび御所で働き始めてしばらくした時、大阪への出店計画が動き出し、支店長になるよう言われた。ぼくには自信がなかった。

「字が読めないから、無理やと思います」

「読み書きできる女性をつける。料理と接客をしてくれたらええから」

ぼくはこの計画について口止めされていた。しかし、どこから漏れたのか、計画を知った先輩が反対した。

「読み書きもできない者に、支店長は務まらん」

経営者は「事務のできる人を置くから問題ない」と説明したが、先輩たちは「その人が辞めたらどうするんや」「そこまでして西畑を支店長にする理由がない」と不満を並べた。

このやりとりを知ったぼくは、戻ってきたばかりだというのに、店にいるのが嫌になった。

一九六二（昭和三十七）年ごろになると、店では調理師免許が話題に上った。この資格制度は四年前にスタートしている。自治体は飲食店を通じ、料理人に資格を取得するよう奨励した。調理師養成学校の卒業生は無試験で資格が取れる。飲食店で一定期間、調理実績のある者は試験を受ける。それには高校の入学資格が条件になるため中学を卒業していなければならない。

資格がなくても、すぐに職を失うわけではない。ただ、店を移る際には免許の所持を確認される可能性があった。

そのため同僚の多くが試験を受けた。ぼくはこの話題を避けていた。読み書きができず、試験に受かる自信がない。そもそも中学卒業が条件になっている時点で無理なのだ。

世話好きの先輩が、ぼくの事情を察して手続きを代行してくれた。先輩がどんな手を使ったのかはわからないが、なぜかぼくも免許がもらえた。制度がスタートしたばかりで、厳正な運用がなされていなかったのかもしれない。

戦中から戦後にかけて、学校教育を受けないまま料理界に飛び込んだ人も多かった。職人の世界に学校の卒業証書なんて必要ないという風潮もあった。そうした現状を考え、柔軟に免許が発行されたのかもしれない。

調理師資格を得たぼくは、大阪府泉佐野市の食堂が寿司職人を求めているのを知り、店を移る決意をした。二十七歳になっていた。

大阪府南部に位置する泉佐野市は和歌山県と境界を接し、今では沖合に関西国際空港のある都市として知られる。

日本のタオル発祥の地でもある。明治の中ごろ、大阪で舶来雑貨商を営んでいた新井末吉がドイツ製タオルに触れ、その品質の良さから日本で作れば需要が見込めると考え、泉佐野の白木綿業者、里井圓治郎に製作を薦めた。それが国産タオルの始まりとされている。

付近にはタオル工場が建ち並び、九州や四国から出てきた女性が大勢、働いていた。

勤めたのは南海電鉄泉佐野駅前の商店街にある「まるおか食堂」だった。店員は四人。洋食も出す大衆的な飲食店だ。ぼくは巻き寿司を担当する。

夏はかき氷が人気で、よくタオル工場の女性たちがやってきた。夏祭りで夜店が出ると、女性たちが浴衣姿で歩き、街は華やいだ空気に包まれる。

ぼくは従業員寮に入った。隣の部屋は「西川」と名乗る洋食の料理人で、年齢はぼくとほぼ同じだった。

彼は仕事がない時は寮で本を読んでばかりいた。本というのはよほど面白いようだとぼくは思った。

独身同士で仲良くなり、ちょくちょくジュースを差し入れたりした。

勤めてしばらくした休みの日だった。朝から雨が降り、出かけるのもおっくうだ。二人分の弁当を買い、寮で西川さんと一緒に食べた。これまでの勤務経験を話していると、彼はこう言った。

「俺には秘密があるんや」

「突然、何ですの？」

「鹿児島でけんかして刃物で刺した。相手はけがをした。だから警察から逃げてるんや」

外出しないのはそのためだった。ぼくは何と言っていいかわからない。警察に出頭した方がいいとアドバイスすべきなのだろうか。しかし、信頼して打ち明けてくれている相手に、それは言えない。ぼくが黙っていると、西川さんは続けた。

「だからいつもびくびくしながら仕事をしている。外で誰かがこっちを見ていると、警察かもしれないと心配になるんや」

「店の人は知っているんですか」

「いや、誰にも言ってない。西畑さんだけや」

どうしてぼくに秘密を語ったのかわからなかった。

それから一ヵ月ほどして西川さんは突然、姿を消す。ぼくは仕事に追われ、彼のことはすっかり忘れていた。

大阪府警の刑事から店に電話が入ったのは半年ほどしたころだ。西川さんが逮捕されたのだ。

刑事は彼との交流についてあれこれ聞いてきた。恐らく、西川さんが供述した内容について確認したかったのだろう。知っていることを正直に話した。刑事は最後にこう言った。

「彼はあんたに随分、親切にしてもらったと言っとるんです。感謝しておるようです」

特段親切にしたつもりはなかった。一人でいるのも退屈なので、ジュースや弁当を差し入れ、時間があれば雑談していたにすぎない。それでも警察に追われる身にしてみれば、気遣ってくれる貴重な仲間に感じたのかもしれない。ぼくは「社会にはいろんな人がいるもんや」と思った。

西川さんの逮捕を知ったちょうどそのころ、一人の少女と知り合っている。週末の夕方、決まって巻き寿司を三本、買いに来る中学生だ。笑顔に愛嬌があり誰とでも気軽に話す子だ。ぼくはささやかなサービスのつもりで、少女の寿司にはシイタケや玉子焼きを多めに入れてあげた。

ある日、少女がカウンター越しに話しかけてきた。

「父ちゃんと母ちゃんが言うてたよ。お寿司がとてもおいしかったって」

「いつも三本、買っていくけど、家族で食べるの?」

「父ちゃん、母ちゃんと三人で食べるんよ」

一九六四(昭和三十九)年になった。東京で開かれるオリンピックを前に日本経済は急成長していた。

二月の休みの日だった。夕方、寒い街を歩き、映画館の前で看板を見ていると、後ろから声をかけられた。

「お兄ちゃんやんか」

振り返ると、買い物袋を提げた少女だった。

「この辺に住んでるの？」

「父ちゃんと母ちゃんは仕事に行っててんねん。だから買い物の帰りや」

「お手伝いか。偉いな」

しばらく雑談をしていると、少女が言う。

「うちに遊びに来ぃへんか。うちんち、すぐそこやねん」

この季節は日が暮れるのが早い。すでに辺りは薄暗い。ぼくはその子を送っていこうと思った。

雑談しながら歩いた。家は長屋の一番奥にあった。上がるよう促され、少女の後ろから中に入った。二間だけの古い家だ。生活が楽でないのはすぐにわかる。それでも部屋はきれいに片付いている。

こたつに足を入れた。しばらくすると雨が天井をたたく音がした。少女は大急ぎで洗濯物を取り込み、丁寧にたたんだ。

すぐに帰ろうと思っていたが、雨が激しくなってタイミングを逸した。少女は台所に立つと、こたつの上に四人分の皿やお碗を並べる。

「お兄ちゃんも一緒に食べてって」

雨音がさらに強くなる。

「母ちゃんたちを迎えに行ってくるから、待っててな」

三十分ほどすると玄関で人の声がした。少女が帰ってきたようだ。

あいさつをしようと玄関に出ると、雨に濡れた両親の手には白いつえが握られていた。二人は目が見えなかったのだ。

ぼくが驚いていると、少女はいつもの元気な声で母親に説明した。

「寿司屋のお兄ちゃんや」

ぼくはあいさつをして、「そろそろ帰ります」と言った。

お母さんとお父さんは「ゆっくりしていってください」と声をそろえ、こたつに入るようすすめる。ぼくは座り直した。

四人でこたつを囲むと、少女は改めて両親を紹介した。ぼくも自己紹介し、「いつもお世話になっています」とあいさつした。お母さんは頭を下げる。

「寿司屋のお兄さんによくしてもらっていると聞いていました。いつも具をたくさん入れてくれはるでしょう。この子、喜んで帰ってくるんですよ」

「喜んでいるのはぼくの方です。毎週、自分の寿司を食べてもらってうれしいです」

「きょうは休みなんでしょう。ゆっくりしていってください。この子が夕飯を作ってくれたらしいので」

四人で食事をした。お父さんとお母さんは目が見えないにもかかわらず、上手に料理を口に運んでいる。

手の動きを見ていると、手品師のようだ。

少女は映画館の前でぼくに声をかけてから、一緒に家に来た経緯を丁寧に説明する。両親はそれをうれしそうに聞き、自分たちがきょう一日、何をしていたかを話して聞かせた。いつもこうやって、その日の生活を語り合っているのだろう。

冬の雨が長屋の屋根を打っている。ぼくは思った。

「家族で食卓を囲むと、これほど温かい気持ちになれるのか」

こたつの周辺は世界のどこよりも温かかった。自分もいつかこんな家族を作ってみたい。そう願う一方で、こうも思うのだ。

「読み書きもできない自分が結婚なんてできるはずないわ」

この雨の日をきっかけにぼくは数ヵ月に一度、この家族を訪ねるようになる。するとある時、お母さんからこう頼まれた。

「ここに署名をしてもらえませんか」

何の署名なのか、ぼくにはわからなかった。

「ごめんなさい。できないんです」

お母さんの驚いている様子がわかる。まさか断られるとは思わなかったのだろう。

「ぼくは家が貧しく、小学二年で学校を辞めたんです。だから字が書けないんです」

「そうですか。変なことお願いしてすみません。うちの人も学校には行っていません。でも勉強して、点字を読めるようになったんですよ」

店の休みの日、少女と一緒に公園に行った。ベンチに座っていると、少女が聞いてきた。

「お兄ちゃんのお父さん、お母さんはどんな人なん?」

育ての父は炭焼き職人で、本当の父については何も知らないとぼくは答える。

「母さんは早くに亡くなったから、顔もよく覚えていないんや。何となく記憶しているのは、汚れたエプロンをしながらあくせく動き回る後ろ姿だけや。幸せなんて何も知らずに死んだんと違うかな」

隣を見ると、少女は涙をふいていた。

この家族はみんな明るく暮らしているように思えた。ただ、付き合いが深まるに従い、悔しく悲しい経験をしているのがわかる。そんな時も三人は励まし合いながら、正直に生きていた。お父さんが語ったのはこんな体験だった。

「南海電車で座っていると、どんどん混んできましてね。小学生がたくさん乗ってきて満員になったんです。しばらくすると、足元が生暖かい。くすくす笑いながら子どもたちが降りていきました。小学生におしっこをかけられたんです」

目の見えないお父さんはそれに気づかなかった。何が起きたのかわからなかった。しばらくして小便の臭いが鼻を突いた。その時、初めてわかった。

「誰や、おしっこをかけたのは」

車内でこう叫んだが、誰も答えてくれない。

「周りの大人は気づいていたはずです。それでも誰も助けてくれません。悔しくて、悔しくて。社会は冷たいです」

ぼくは思った。家族がこうした経験をしているため、少女は周りに優しくできるのだと。お父さんはこうも言った。

「私の目が見えたら、この子にこんな苦労をさせないですむんです。それを思うとなさけなくなります」

涙声になり言葉が途切れる。お母さんが後を継ぐ。

「うちは二人とも目が見えへんけど、この子は何でも家の用事をしてくれます。遊びたい時もあるやろに」

少女は満面の笑みでこう言った。

「うちは父ちゃん、母ちゃんが大好きや。世界で一番好きやで」

ぼくは胸が熱くなった。


こんなこともあった。

泉佐野は釣りの盛んな土地だ。ぼくも店の常連客とよく釣りに行った。一番親しくしたのは、紳士服店を営む中村さんと、タオル製造会社の社長、中本さんだった。二人は土曜日ごとにやってきて、ぼくと話をしながら寿司を食べた。ぼくたちはみんな年齢が近かった。

三人は地元の釣りクラブに加入し、土曜日から日曜日にかけしばしば和歌山県の串本まで出掛けた。

ぼくは釣りが得意で、一メートル十五センチもあるスズキを釣り上げ、クラブで二位になったこともある。チヌ（クロダイ）、イシダイでも大物を釣って中村さん、中本さんを驚かせた。

一九六五（昭和四十）年の夏のある日曜日、三人で午後八時半ごろから泉佐野の堤防に行き、それぞれ気に入った場所で釣った。ぼくは調子が良く、ハネやアナゴを釣り上げた。

釣りを終えて集合場所で待ったが、中村さんが姿を見せない。中本さんと二人で見に行くと、中村さんが釣っているはずの場所には、電気浮きがぷかぷかと漂っている。

ぼくたちが「おい、帰るで」と言いながら近づくと、中村さんが横になってコンクリートの壁にもたれていた。中本さんが言った。

「あいつ寝てるんとちゃうか」

二人で声をかけた。

「おい、もう時間や。帰るで」

それでも返事がない。

二人で肩を揺すっても、目を覚まさなかった。中本さんが救急車を呼ぶため公衆電話まで走る。それを待つ間、ぼくは何度も名を呼びながら体を揺すった。反応はない。もう死んでいるのかもしれない。辺りは真っ暗だ。不安になって手足が震える。しばらくして救急車が到着した。

結局、中村さんは病院で亡くなった。

若くて元気だった友人の突然死だ。大阪府警がぼくと中本さんを事情聴取することになった。ぼくたち二人は当日の朝からずっと、中村さんと一緒だった。警察がぼくたちに疑いの目を向けるのも無理はない。

翌日、泉佐野署に行った。案内されて部屋に入った。二人組の刑事から、堤防で釣るようになった経緯を聞かれた。

ぼくたち三人は串本で釣りをした後、地元に戻って釣りをしていた。そう説明すると、刑事はこうたずねた。

「釣りに誘ったのは誰ですか」

「中村さん、中本さんの二人が前日の夜、店に来て突然、串本に行こうと誘ってきたんです。ぼくは気が進まなかったんですが、行くことになったんです」

「どうして断れんかったの？」

「迎えに行くから、店の前で待っといてくれと言われ、なかば強引に誘われたんです」

「それで串本で釣ったんですか」

「そうです。それから帰って、泉佐野で釣ったんです」

刑事は串本の後、さらに地元で釣りに行った点を不審に思ったようだ。

みんな串本ではまったく釣れなかったので、中村さんが、もう一勝負しようと言った、とぼくは説明した。

「串本を出て泉佐野に向かっていると、中村さんはよほど悔しかったようで、こう言ったんです。『帰ったら堤防に夜釣りに行かへんか』と。ぼくたちは『疲れたからやめとこや』と言ったんですが、中村さんは『挽回せなあかん』と言ってきかなかったんです」

「串本で釣りをして帰ってきたんやから、相当疲れるはずやけどな」

「確かに疲れていたようで、中村さんは『きょうはほんまに疲れたわ。明日は一日、寝るで』と言っていました」

「それでこっちに戻ってきて、どうしたんや」

「釣具店で餌のゴカイを買いました。三人とも疲れていたので、その店で一時間ほど横になった後、堤防に出掛けたんです」

「それは何時ごろやった？」

「ちょうど日が落ちるころです。夕日が西に沈んでいきました。その美しい景色が印象に残っています」

刑事はぼくの話を信じてくれているようだ。聴取が終わると、こう言った。

「明日また、聴取させてもらいます。いずれ調書を巻かなあかんので」

ぼくはどきっとした。映画やドラマを通して、「調書を巻く」という言葉の意味はわかっている。ぼくの語った内容を文書にまとめるということだ。

「調書を読まされるのだろうか。署名を求められたらどうしよう」

読み書きができる者には、この気持ちはわからないと思う。ぼくたちにはいつも、不安がついて回る。日本では、読み書きができない者は少数派で、社会はいつも多数派を中心に動いていく。

仲間が突然、変死したのだ。本来、その友人を静かに弔う感情があって当然だ。なのにぼくの頭は、「調書」で占められてしまった。

「サインを求められたら、どう説明しようか。学校に行っていないと言うしかないな」

ぼくは中村さんの死には無関係だった。正直に話せば、警察もわかってくれるはずで、疑われるかもしれないとの不安はなかった。ぼくは調書だけが心配だった。

二日目になると刑事は、中村さんが何を食べたかをしつこく聞いてきた。何か異常なものを口にしたため、体調が悪化したのではないかと考えていたのかもしれない。

「ぼくたちは夜中に車で出発して和歌山県に入り、国道四二号線を南下しました。田辺市の駅近くの食堂で朝ご飯を食べたんです」

「何を食べたんや」

「みんな同じもんを食べたと思います。朝の定食だったんとちゃうかな。中村さんが大きな声で話したのを覚えています。『きょうは底物で大きなイシダイを釣り上げるで』と」

ぼくはどんな質問にも正直に答えた。

この日の聴取も終わった。署名は求められなかった。安心していると、刑事が言う。

「悪いけど、明日また来てくれるか」

三日目の聴取が始まった。

「当日の昼は何を食べたんや」

「釣り船屋で買った弁当です。串本に向かう途中、田辺を出たところで渋滞に巻き込まれ、向こうに着くのが一時間ほど遅れたんです。弁当を買って離島に渡ったんですが、いつもより遅れたため、目当ての釣り場はすでに占拠されていました。だから三人はいつもとは違う場所で釣ったんですが、全然釣れません。昼に食べた弁当にはサザエとトコブシが入っていました。中村さんが『きょうも餌の残り物や。俺らは魚か』と冗談を言ったのを覚えています。サザエやトコブシはイシダイを釣る時のエサです」

「結局、釣れへんかったんか」

「三人ともまったくあきまへんでした」

警察は事件性はないと確信したのだろう。二日目以降は厳しい追及もなかった。

ぼくの心配は調書だった。いよいよ署名ではないか。調書を読めと言われたらどうしよう。中村さんには申し訳ないが、日を追うごとに、ぼくの頭の中は調書へのサインで占められてしまった。

三日目の聴取が終了した。刑事は「ご苦労さんでした」とねぎらってくれた。

「簡単な調書を作ったんで、それを読み上げるから、間違ってるところがあったら言うてくれるか」

ぼくは少しほっとした。自分で読む必要はない。あとは署名をどうするかだ。

調書には、ぼくの話した内容が正確に記されていた。

「これでよろしいか」

「間違いありません」

いよいよ署名だ。手が震えてきた。

「では、ここにあなたの名前を書いておきましたから、指印をもらえますかね」

ぼくは右手の親指に朱肉を付けて、調書の隅に強く押しつけた。心配事から解放され、落ち着いた気持ちで警察署を出た。

中村さんの紳士服店は閉店となった。外国から安いタオルが入ってきた影響で、泉佐野のタオル産業は打撃を受け、中本さんの会社も潰れてしまう。ぼくはせっかくできた釣り仲間をいっぺんに失った。

この街を離れようと思った。寿司業者の組合を通じて仕事を探し、一九六五年から翌年にかけ、いくつかの店で働いている。店によっては数週間しか勤められなかった。腕には自信もあった。それでも短期間で辞めたのは字が読めなかったからだ。料理人や店員からバカにされ、働くのが嫌になった。

若い時はそれでもがまんしたが、料理の腕が上がると、新しい職場を見つけるのもさほど難しくない。ぼくには養うべき家族もなく、比較的気軽に店を移れた。

小学校さえ卒業せず、字も書けないぼくにとって、結婚は夢のまた夢だ。すっかりあきらめている。客からは時折、「嫁さんをもらわないのか」と聞かれた。そのたびに、「なかなかええ人がいませんわ」とごまかした。家庭を持ちたいと願いながら、読み書きの能力のなさが自分の本心に封をしていた。

ぼくは一九六六（昭和四十一）年、三十歳になった。儒教の経典・論語では、「三十にして立つ」という意味から「而立」と呼ばれる。重ねた経験を基に、世に立つ自信が生まれる年齢だ。

ぼくは奈良市の「寿司常」に職を見つけた。

近鉄奈良駅前の東向商店街にある店で、米はむかしながらのまきで炊いていた。男女約十人ずつが働く大きな寿司屋で、二十五年以上働くベテラン板前が二人いる。

ぼくは主に持ち帰り用の寿司を担当した。経営者や先輩は読み書きができないのを理解してくれた。店の雰囲気はよく、ようやく長く働ける場所を見つけた気がした。まさに而立した思いだった。

泉佐野の少女に報告しようと思った。巻き寿司を食べてくれたあの家族だ。休みの日に訪ねてみると長屋はすでになくなっていた。

第七章　ぼくでも結婚できるんや

アジアで初めての国際博覧会「日本万国博覧会」が一九七〇（昭和四十五）年、大阪府吹田市で開かれた。「人類の進歩と調和」をテーマにした巨大イベントには、七十七ヵ国が参加し、半年間の会期中、六千四百万人以上が足を運んだ。米国のアポロ計画で採集された「月の石」を見た。人類が月から石を持ち帰るなんて奇跡だと思った。

ぼくは知人から、アルバイトとして巻き寿司を作ってほしいと頼まれ、「寿司常」の休みを利用して、会場で寿司を巻いた。あまりの人の多さに驚かされた。

ちょうどこのころ、ぼくを育ててくれた父が亡くなった。六十四歳だった。

父は以前、長女家族のところに身を寄せていた。中風（脳血管障碍の後遺症）で寝たきりになり、一九七〇年ごろには認知障碍の症状も出る。そのため奈良県御所市に暮らす次男の要が引き取り、会社の寮で面倒をみていた。最後は老衰で息をひきとっている。

ぼくは要から連絡を受け、駆けつけた。すでに祭壇が整えられ、遺影が飾ってあった。祭壇の前にはひつぎが横たわっている。

「兄貴、おやじの顔、見たってくれ」

要の言葉にぼくはうなずき、ひつぎをのぞき込んだ。父は両手を胸の上で組み、まぶたを閉じていた。穏やかな表情だった。

父の顔を見ていると思い出が浮かんでくる。炭焼きの仕事を手伝っていて、「こら、早うせんか。休んでいるひまはないで」としかられた。母の故郷を訪ねた時、ぼくを養子にもらってくれる夫婦に何度も何度も頭を下げていた。「この子をよろしく頼みます」とお願いしていたのだろう。

御所の食堂に勤める時も、就職をあっせんしてくれた木村さんに頭を下げていた。

「お前は小学校を出ていない。読み書きで苦労するやろな」

ぽつりとつぶやいた声がぼくの耳に残っている。

父の顔を見ていると、感謝の気持ちがわき、自然と手を合わせていた。血のつながりがないのに他の姉弟妹と同様に扱ってくれた。貧しかったが、差別は一度もしなかった。養子の話があっても、結局自分の手で育ててくれた。

父とは最後まで理解し合えなかった。互いにぎくしゃくした関係だった。「この人は本当の父ではない」との考えが消えず、本気で語り合えなかった。出生について話すのを互いに避けていた。家族でありながら、他人行儀だった。

弟が世話をしている時も、ぼくはほとんど父を訪ねていない。そして、大人になってからも深い話をしないまま、父と別れてしまう。もっと話しておきたかった。ぼくは父に向かって深く頭を下げた。

「父さん、ありがとう」

心の中で感謝の言葉が何度もこだましている。

万博の翌年、ぼくは三十五歳になった。「寿司常」で働き始めて五年だ。すっかり料理人の仕事が板に付いている。

街で家族づれを見ると、「家族を持ちたいな」と思った。しかし、字の読めない自分にとってはあまりに高望みだと考え直す。

これまでも気になる女性がいなかったわけではない。十代後半に勤めていた奈良県御所市の食堂にはアルバイトの女の子がたくさんいた。その中に明るい性格で人形のように可愛い顔をした女子高校生がいて、客や従業員の男性からよく声をかけられていた。調理長に「こら、チビ」と怒鳴られ、しょげている時でも、彼女の笑顔を見ると、気持ちがうきうきした。

ぼくはこの女性が来るのを心待ちにするようになる。

この子と一緒に映画を見られないだろうか。店が休みの日、デートできたらどれだけ幸せだろう。そう願いながらも、声がかけられない。相手は高校生だ。小学校も出ていないぼくが付き合えるはずがないとあきらめていた。

遠い親類から電話で見合い話が持ち込まれたのは、この年の春先だった。

「保ちゃん、結婚する気はないのか」

「ないこともないけど、ぼくには無理やわ」

読み書きができないのを知られたくなかったので、適当にはぐらかした。親類の女性は世話好きだった。

「何が無理なの？　結婚なんて誰でもしてるやないの。とにかく会うだけでも、会ってみたらええやんか」

「いや、やっぱり無理やと思うわ」

「そんなこと言わんと。きれいな人がいるんよ。絶対に気に入るから」

「きれいな人」と聞き、心が動く。

見合いの場所はその親類宅だった。ぼくは店の休みの日、電車で兵庫県西宮市の甲子園球場近くまで出掛けた。一張羅のスーツを着て、磨き上げた革靴を履いていた。期待に胸を膨らませながらも、どうせだめだろうとあきらめる気持ちの方が強かった。

目的の家に着き、畳の部屋に通される。低い座卓を挟んで、向こう側に女性二人が並んで座っていた。ぼくは腰をおろしながら頭を下げ、「よろしくお願いします」とあいさつする。女性二人は静かに頭を下げた。

親類の女性がぼくの名を紹介した後、こう言った。

「こちらが皎子さん。隣はお姉さんの美保子さんです」

ぼくはもう一度、頭を下げた後、前を見た。相手の女性が笑みを浮かべて小さく頭を下げた。ぼくは頭がくらっとした。想像していたより何倍もきれいな女性だ。何て健康的な笑顔だろう。一目ぼれだった。

「会いたかったのはこの人や」

心臓の鼓動が高鳴ってくる。

親類の女性が和菓子とお茶を出し、こう続けた。

「皎子さんは岡山県出身で、今はお姉さん夫婦と一緒に大阪の北千里で暮らしています」

ぼくはどんな漢字で「きょうこ」と書くのか、想像できなかった。

年齢はぼくと同じだという。話が合うかもしれない。黙っていながらも暗さを感じさせない。落ち着いているが、明るさが伝わってくる。付き合いたいと思った。映画でも一緒に見たら、楽しく会話できるだろう。しかし、そうした希望をすぐに否定した。自分は小学校さえ卒業せず、字も読めない。

お互いの職業が紹介される。

「保さんは腕のいい寿司職人さんです。奈良のお寿司屋さんに勤めています。皎子さんは、この間までタイプライターの先生でした」

ぼくは思わず、「げっ」と声が出そうになった。タイプライターがどんなものかよくは知らないが、字を書く機械であることはわかる。それを教えていたと知り、ほほ笑んでいる相手の顔がとたんに賢く見えてくる。

自分とは住む世界が違うようだ。読み書きできない男とタイプライターの先生では、あまりに釣り合わない。話も合わないだろう。

見合い話を持ってきてくれた親類も含め、ここにいる人は誰も、まさかぼくが字を知らないとは思っていない。

「散歩でもしてきたら」と促され、皎子さんと一緒に近くの公園を歩いた。緊張して言葉が出ない。近くに喫茶店があった。

「コーヒーでも飲みましょうか」

店に入っても、相手の顔をまともに見られない。

店員がメニューを持ってきた。ぼくはそれに目を通さずにコーヒーを注文し、皎子さんも同じものを頼んだ。

「コーヒーはお好きですか」

「ええ」

相手はにこにこするだけで、自分からは話さない。ぼくはどんな話題を切り出したらいいのかわからなかった。緊張で手に汗がにじんでくる。

こんなきれいな女性と向かい合うのは初めてだ。何か話さなければならないと思いながら、気の利いた言葉が浮かばない。

「普段、何してますの？」

「何にもしてません」

また沈黙が続く。ぼくは何度もコーヒーカップを傾けた。

「ぼくは映画が好きなんです。あなたはどんな映画が好きですか」

皎子さんは笑っているだけだ。

会話は弾まず、ぼくの心は沈んでいく。

別れて奈良に向かっていると、皎子さんの笑顔が浮かんできた。

「あの子と結婚できたら幸せやろな。ぼくのことをどう思ったやろか。気に入ってくれへんかな。やっぱりあかんやろな。会話は続かんかったしな。八割方、断られるやろうな」

家で横になっても、皎子さんを思い続けた。

「奇跡が起きてくれへんかな。『私、背の低い男性が好きなんです』『職人さんてすてきですね』と言ってくれへんかな」

そんな都合良くいくはずがない。でも、好みは人それぞれだ。ぼくのような男を気に入ってくれる可能性もゼロではないだろう。希望的観測が頭をよぎる。

しかし、また思う。読み書きできないぼくのような人間が、タイプライターの先生と付き合えるはずがない。否定的な考えが浮かぶと、今度は楽観的な思考がそれを打ち消す。向こうはまだ、ぼくが読み書きできると思っている。このまま事実を明かさなかったら、付き合ってもらえるのではないか。

でも、やはり無理だろうな。冷静に考え直すと最後はいつも、読み書き能力に行き着いてしまう。これを生涯背負い続けねばならないと思うと気が滅入ってくる。

翌日、勤務先に親類の女性から電話があった。

「保さん、どうでした？」

「とても感じのいい女性ですね。ぼくの方はお願いしたいです。是非進めてほしいです」

「そうですか」

「向こうはどう言うてますか？」

「まだ、聞いてないんよ。まずは保さんの気持ちを確認しようと思ってね。ちょっと待ってくれますか」

緊張した時間が続く。三日ほどして電話があった。

「向こうもお付き合いすると言うています」

奇跡が起きた。人類が月に行く以上の奇跡だと思った。跳び上がりたい気持ちを抑える。店の仲間に冷やかされるのは嫌だった。電話を切ると改めて喜びがわいてくる。もう一度、あの子に会える。またあの笑顔が見られる。

見合いの席では楽しい会話もしていないのに、どうしてぼくと付き合う気になったのだろう。ぼくはあれこれ考えた。

「三十を過ぎて、姉さんの嫁ぎ先で世話になっていた。そろそろ姉さんの家から出たいと思っているんかもしれんな。それやったら結婚も考えてくれるかもしれへんな」

ただ、そうした都合のいい見通しもすぐに自分で打ち消した。ぼくは小学校も出ていない。あまりに釣り合わない。

読み書きができないと伝えるべきではないか。事実を隠したまま付き合うのは詐欺のように思える。一方、絶対に口にすべきでないとも思った。隠せるだけ隠さねばならない。打ち明けた途端、彼女はぼくを嫌いになるだろう。

寿司常の休みは水曜日だ。皎子さんは勤めていないため、時間は比較的自由になった。初めてのデート場所は奈良だった。ぼくは近鉄奈良駅の売店でスポーツ新聞を買い、改札前で皎子さんを待つ。

読み書きできない事実を打ち明けるべきだと思うのと裏腹に、新聞を読むのが好きだと装う決意をした。ぼくは新聞や雑誌を読む姿を格好いいと思っていた。

約束の時間に皎子さんは姿を見せた。笑顔を浮かべている。やっぱりきれいだ。駅から出てきた姿はまるで映画女優のようだ。

猿沢池まで歩き、周辺を散歩した。鷺池の浮見堂からボートに乗った。皎子さんはいつも笑顔を絶やさない。

レストランで昼ご飯をとる。メニューが読めないぼくは皎子さんが注文するのを待って、「ぼくも同じ」と言った。楽しい一日が終わり、駅まで送った。

「これから、お付き合い、して、くれますか」

緊張しながら話すと、皎子さんは笑顔でうなずいてくれた。

その後もデートを重ねた。ぼくが大阪に出たり、皎子さんが奈良にやってきたりした。月に二回程度デートをした。ぼくはいつも新聞を小脇に挟んでいた。

結婚を夢見た。この人と一緒に暮らせたら、どんなに幸せだろう。しかし、結婚してほしいとはどうしても言い出せない。断られるのが怖かった。

三ヵ月ほどした時、親類の女性から電話があった。

「お付き合いはどうなってますか。結婚する気はあるんですか」

「ぼくは是非結婚したいんです。向こうはどう思っていますかね」

「もう何回もデートしてはるんでしょう。自分で聞きはったらええのに」

「聞こう、聞こうと思うんやけど、聞けへんのです。断られるのが怖いんです」

「何を弱気なこと言うてはるんですか。男の方から、『俺が幸せにする』と言わなあかんでしょ。女性の方からは口にしにくいですよ」

「それはわかっているんやけど。なかなか言えへんのです」

親類の女性が向こうの気持ちを確認してくれるという。

ぼくは電話が待ち遠しかった。かつてあれほど怖かった電話のベルが恋しい。数日して電話がかかってきた。

「皎子さんも結婚したいと言うてます」

ぼくは天にも昇る気持ちだった。世界で自分ほど幸せ者はいないように思える。「やったー」

と思い切り叫びたい気持ちを抑えて、静かに言った。

「ありがとうございます。そしたら、仲人もお願いできますか」

「そうですね。ではさっそく、進めさせてもらいますよ」

　結婚式と披露宴は西宮市の公共施設を借りた。誰を招待するか、披露宴の食事はどうするか。決めるべき事柄は多かった。

　式場側からパンフレットを見せられても、ぼくには読めない。ふんふんとうなずき、理解しているふりをする。そして最後はいつもこう言った。

「皎ちゃんの好きなようにしたらええで」

　準備が進むにつれぼくの不安は深まった。読み書きできないのがばれるかもしれない。それを考えると、楽しい気持ちも一瞬にしてかき消された。好きな人をだましている。一番大切な女性にうそをついている。その気持ちに耐えられず、何度も打ち明けようと思った。でも、勇気がなかった。ばれたら別れなければならない。あんなにすてきな女性が、字も読めない男と結婚してくれるはずがない。

　仕事も手につかなかった。寿司を握っていても、読み書きが頭から離れない。一緒に暮らし始めたら、きっとばれる。だまし通せるはずもない。軽蔑されるに違いない。その日を想像すると、泣きたくなる。

この一九七一(昭和四十六)年に入ってすぐ、バラエティ番組「新婚さんいらっしゃい!」(朝日放送)が始まった。司会者が結婚したばかりの夫婦にあれこれとなれそめを尋ねる番組だ。当時は桂三枝(現在の桂文枝)が司会を務め、現在(二〇二四年)も続いている。五月には名横綱、大鵬が引退を決意した。貴ノ花の人気が急上昇し、相撲界に新しい風が吹いていた。

ぼくの人生にも新鮮な風が吹きつつあった。結婚式は七月十八日と決まった。

その日は、運勢を示す六曜でいう赤口だ。仏滅に次いでお日柄が悪いとされ、血や火災を連想させるとして祝い事は敬遠される。仏滅同様、結婚式には不向きだ。

ぼくは六曜にはこだわらなかった。むしろ式場が予約しやすいので助かった。早く結婚できるなら、赤口でも仏滅でもよかった。一瞬でも早く、結婚したかった。読み書きできないのがばれたら、別れねばならない。そうなる前に二人で生活を始めたかった。

新郎は結婚式で「誓いの言葉」を読まねばならない。それは例えば、こんな言葉だった。

「二人で力を合わせて苦難を乗り越え、笑顔あふれる家庭を築いていくことを誓います」

式場から事前にそれを知らされ、動揺した。「どうしよう」と思った。字が読めないのがばれるかもしれない。

式場の担当者から「誓いの言葉」を書いた紙をもらった。ぼくは皎子さんがいないところでこう頼んだ。

「緊張して漢字を間違えたらあかんので、仮名を振ってもらえませんか」

振り仮名付きの「誓いの言葉」を受け取り、家で広げてみた。まったく読めない。これは無理だと思った。

当日、白無垢姿の皎子さんを見た。

「やっぱりきれいやな」

式は少人数で開かれた。ぼくの心は喜びよりも不安で満ちている。「誓いの言葉」ばかりが頭を支配した。読めないとばれたらどうしよう。

仲人がぼくたち二人を紹介した後、司会の男性が言った。

「新郎による誓いの言葉です」

ぼくは背丈に合わせてマイクの位置を下げた。「誓いの言葉」を書いた紙を広げる。読めるはずがない。会場は静まり返っている。時間だけが過ぎていく。ぼくは開き直り、大声で言った。

「一生、皎子さんを幸せにします」

みんなが拍手してくれた。横を見ると、皎子さんが伏し目がちに笑顔を見せていた。

西畑保さん（左）と皎子さん。二人は結婚式を挙げた。

新婚旅行は伊勢だった。近鉄電車に乗って三重県に向かう。妻と一緒にいるのが幸せだった。一方、すぐに不安がよぎった。ホテルにチェックインする時、サインを求められるかもしれない。どうすればいいのだろう。

ホテルに着いた。受付のスタッフが笑顔で迎え、所定の用紙をカウンターの上に出した。やっぱりサインが必要だ。ぼくは言った。

「皎ちゃん、トイレ行ってくるわ。書いといてくれるか」

トイレから帰ると、妻が部屋のかぎを持って待っていた。それ以降もサインを求められそうになると、ぼくはいつもトイレに立った。

旅行から帰ったぼくたちは奈良県御所市のアパートで暮らし始めた。四畳半一間でトイレは共同、風呂はない。新聞をとり、ぼくは朝ご飯を食べながら読むふりをした。妻は新聞が好きで、気になった記事を切り抜いて、箱に保存していた。

洗濯、掃除、料理は全部、妻がやってくれる。きんぴらゴボウの味は絶品だった。驚いたのは、味噌汁にかやく（具のこと）が多いことだ。ぼくは幼いころから、汁にしろ、飯にしろ、かやくの多いものを食べつけていない。むしろ少ないのが好みになってしまっていた。

しかし、考えてみればぜいたくな不満だった。あきらめていた結婚が実現でき、しかも、具だくさんの味噌汁を作ってもらえるのだから。

結婚をあきらめていたぼくにとって、二人の生活は夢のようだ。朝から晩まで一生懸命、働き、妻の待つ家に帰る。酒は飲まない。

定休の水曜日には、二人で奈良公園に出掛け、手をつないで歩いた。ぼくは生涯、二人で出掛ける時は、手をつなぎ続けようと思った。

手に入れた幸せが大きければ大きいほど、読み書きできない事実がぼくの心に深く暗い影を落とした。頭にはいつもそれがあった。忘れようと思っても頭から離れない。一番大切な人をだましている。何でも話せる関係になっても、これだけは打ち明けられなかった。こうなったら、死ぬまで隠し通すしかない。

ただ、冷静に考えると、いつまでもだまし続けられるはずがないとわかる。切り抜いた新聞記事について聞かれたらどうしよう。「この漢字どう読むんかな」と問われたら、何と答えればいいのだろう。

ぼくは二人の生活が幸せなぶん、それを失った場合を想像すると絶望感にさいなまれ、ため息が出る。寿司を握っていても、ふと不安に襲われ、肩が落ちた。

結婚してすぐ、妻に頼まれた。

「住民票が必要なんよ。市役所でとってきてね」

「住民票やな。わかった。はんこが必要かな」

「身分証が必要かもしれへんわ。運転免許証でええと思うよ。それがあったら、市民課で申請書に名前と住所を書いて、はんこ押したらええんと違うかな」

どきっとした。捺印だけでなく、名前や住所を書かねばならないらしい。どうやったら名前を書かずに住民票をもらえるだろう。

悩みに悩んだぼくは、薬局で包帯を買う。右手の指をぐるぐる巻きにしてピンでしっかりと留めた。幼いころ、弟の要とけんかした経験を思い出す。十歳のころ、弟のほおをたたくと、怒った要がぼくの右手の人さし指をがぶりとかんだ。爪がはがれたため、長い間包帯を巻いていた。その指に今また包帯をしている。当時は指の痛みに苦しんだが、今回は心の痛みだった。

市役所に行き、市民課の受付に立つ。

「住民票をとりたいんですが」

係の女性が申請用紙を持ってきた。

「この欄に書いてください」

ぼくは包帯をした右手を見せる。

「手をけがしてしまったんです。悪いけど、代わりに書いてもらえへんやろか」

「では、ちょっと待っていてもらえますか」

次々と住民票を求める人がやってくる。自分で書ける人はすぐに受け取り、帰っていった。

職員は忙しかったのだろう。ぼくは、次へ次へと後回しにされた。申請者がいなくなった時、ようやく名前を呼ばれ、代筆してもらった。字が書けない者は、誰かを頼りにせざるを得ない。車椅子で移動する人は電車に乗る時、駅員の助けを借りる。それと同じように、読み書きできない者も人の助けが必要なのだ。現代社会で人が自由を手に入れるには、読み書きの能力は絶対必要な条件なのだ。

ただ、車椅子の場合と違い、字の読み書きは努力次第で身につくと思われている。それができないのは怠けているからだと思われる。子どものころに身につけるべき能力を、大人になってから習得するのは想像以上に大変だ。日本社会は読み書きできない人は存在しないことを前提に動いている。

たった一枚の住民票に一、二時間も待っただろうか。ぼくは市役所から家に向かう途中、自分に腹が立ってきた。ただ、しばらくするとほっとする気持ちが芽生えた。とにかく住民票は手に入った。

妻はぼくが自分で申請したと信じ、みじんも疑わなかった。

結婚して数週間たったころ、仕事から帰ると、座卓に書類が置いてあった。午後九時前だ。近所の子どもが花火で遊ぶ声が聞こえてくる。

書類を手に取ってみると、隣の住民からの回覧板のようだ。ぼくはどきっとする。署名欄が目に飛び込んできた。

「ひょっとするとぼくも署名せんとあかんのやろか」

妻は台所で夕飯の準備をしている。

「そこに紙があるでしょう。名前を書いておいてね」

やっぱりそうだ。心臓の動きが速くなり、鼓動が聞こえてきそうだ。手が震えてくる。「落ち着け、落ち着くんや」と言い聞かせ、落ち着いたふりを装った。

「疲れたから、皎ちゃんが書いて」

「私の分は自分で書いたわ。あとはあなたの分だけやわ」

文字が読めないため理由はわからないが、この署名は世帯ごとではなく、各個人に求められているようだ。

「ぼくの分もついでに書いてくれるか」

「名前を書くだけやんか」

「きょうは店が忙しくて、ほんまに疲れたんや。書いといて」

「あかんて。本人で署名してくださいと書いてあるやんか」

「ちょっと字を変えて書いたらわからへんやろ」

「そんなん言うているうちに書けるわ。自分で書くことになってるから。お願いやで」

ぼくは身を硬くした。ついに恐れていた時が来たのかもしれない。どうしたらいいのだろう。頭の中には、「潔く打ち明けて、謝ってしまえ」と考える自分がいる。一方、「それは絶対あかん。打ち明けたら離婚させられる。皎子さんを失ってええんか。とにかくごまかせ」とささやくもう一人の自分がいる。

妻はぼくの緊張に気づいていない。まだ台所に立っている。時間が止まってしまったように思えた。ぼくの周りだけ、世界が凍りついている。耳が音を遮断しているのか、完全な静寂がぼくを包んでいる。

台所から居間に入ってきた妻が書類に目を留めた。ぼくの署名欄は空白のままだ。

「まだ、書いてへんの？　次の人に回さなあかんのに」

ぼくは言葉が出ない。体が小刻みに震えている。銀行強盗に銃を突きつけられた人質のようだ。妻が異常に気づいた。

「あなた、どうしたん？」

妻の顔が見られない。

妻はじっと回覧板を見ているようだ。気配だけを感じる。

部屋に掛けてある時計の針が時を刻んでいる。

い。

「実は、小学校を二年までしか行ってないんや」

「小学校も卒業してないの？」

「してない」

「中学までは義務教育やんか。行くことになってるやん」

「学校が遠かったんや」

「そんなん理由にならへんのと違うの？　学校が登校するように言ってきたやろに」

「そんなん全然、してくれへんかった。行かなくなっても、学校は何にも言うてこなかった」

「お父さんやお母さんは、何にも言わんかったの？」

「母さんは忙しかったし、早く亡くなったから、それどころやなかった。おやじには『行った方がええ』と言われたけど、ぼくが言うこときかんかったんや」

「そんなに行くのが嫌やったの？」

「ほんまに遠かったから」

ぼくはクラスで嫌がらせをされたことは口にしなかった。小さなプライドが邪魔して、正直に告白できない。

「ひょっとして、自分の名前も読めへんの？」

「漢字は全然、読めへん」

「冗談やろ。デートの時には、いつも新聞を読んでいたやないの」

「体裁で持っていただけや」

「何で言うてくれへんかったん？」

「ごめんな。だますつもりはなかったんやで。怖くて、怖くて、言えへんかった」

「何が怖かったん？」

「皎ちゃんと別れることや」

妻の表情が変わった。さらにショックを深めたようだ。完全に終わったと思った。

妻はまた台所に行ってしまった。部屋の中には完全な静けさが広がっている。

ぼくの周りの空気は動きを止めている。妻を悲しませたと思うと、ますます苦しくなってくる。

肩を落としていると、妻が戻ってきた。ぼくは身構えた。別れ話を切り出されるのだろうか。

別れたくない。何が何でも一緒にいたい。

妻はぼくの前に腰を下ろすと、ゆっくりと口を開いた。

「何でやの？　何で言うてくれへんかったの？」

「ほんまにごめんやで」

「何で謝るの？　つらかったのはあんたやんか。ほんまにつらかったんと違うの？」

「うん」

「ずっと、つらい思いをしてきたんやろな」

「そうや」

「職場でも、大変やったんと違うの？」

「何度も店を替えたわ」

「電話で注文受ける時もつらかったんと違うの？」

「電話が鳴るたびに逃げたくなった」

「お葬式なんかも大変やったんと違うの？」

「ほとんど行かれへんかった。お金だけ置いて、さっと出てきたこともあったよ」

妻の顔に侮蔑や非難の色は一切なく、慈しみだけが浮かんでいた。ぼくは説明した。

「皎ちゃんと会ってからもつらかった。見合いの時に言おうと思ったけど、よう言わなんだ。言ったら終わりやと思った。デートしながらもひやひやしていた。結婚が決まってからもずっと、いつばれるかしらんと思っていた。毎日それぱっかり考えていた。仕事が手につかんこともあったんやで」

「何で言うてくれへんかったん？　言うてくれたら、私が手伝えることもあったやんか。それが夫婦と違うの？　苦しい時に助け合うのが夫婦やんか」

「怖かった。ほんまに怖かったんや。皎ちゃんに嫌われるのが、死ぬほど怖かった」

「それを心配していたの？　全然気がつかんかったわ。ごめんな。ごめんやで。今までようがまんしたな。もう苦しまんといてね」

　妻の目がうるんでいる。

　ぼくの胸には、感謝の気持ちがこみ上げてきた。妻はなじるどころか、ぼくの気持ちを理解しようとしてくれている。

「これからは私がいるんやからね。一緒に頑張ろうな。せめて自分と私の名前と住所だけは書けるようにしようね」

　ぼくは肩の荷が下りる気がした。出会って以来、いつも頭の中に広がっていたもやや、心にあったつかえがすっと消えていく気がした。

　妻は回覧板の紙に、ぼくの分も署名し、隣の家に持っていった。

　翌日からぼくは妻から字を学ばなければならなくなった。仕事から帰ると、紙と鉛筆、ノート、消しゴムが用意してある。紙には大きな字で、住所の横に「西畑保」と書いてあった。妻はこの字をまねて勉強してほしいと願っていた。紙に書かれた「西畑保」の三文字から、その思いがひしひしと伝わってくる。

だが、ぼくには文字への拒否反応があった。字を書けたらいいだろうなとは思いながら、実際に鉛筆を持つと手が震える。一文字も書けない。体が全力で拒絶する。子どものころ、当たり前のように字を学んだ者には理解できない感覚だと思う。

何も書いていないノートを見た妻はぼくの手を持ち、一文字ずつ書かせてくれた。それでもぼくには字を覚える気が起きなかった。鉛筆とノートが頭に浮かぶと、帰りの足が重くなった。時々、残業を理由に帰宅を遅らせたほどだ。

字の練習は何よりもつらかった。妻の期待に応えられない自分が嫌になってくる。覚えたいという気が湧かず、何も頭に入ってこない。自分が字を書けるようになるとは到底思えなかった。

さすがに妻もぼくの気持ちを察したのだろう。半年ほどすると、字を覚えてくれとは言わなくなった。机の上から鉛筆とノートが消えた。ぼくはほっとする反面、妻を裏切っていると思った。やましさが残った。妻と一緒に笑っていても、ぼくの頭の隅には「すまない」という感覚が居座った。

妻は時折、「字が書けないままでは、通夜の時なんかに難儀するやろに」と言った。それでも、字を覚えさせようとはしなくなった。そういう女性なのだ。強引に何かをやり抜くというよりも、流れに任せる生き方を好む。ぼくは彼女のそうした姿勢も好きだった。

回覧板のやりとりからしばらくした時のことだ。仕事を終えたぼくが帰宅すると、妻が言った。

「赤ちゃんができたかもしれへんわ」

「えっ？　ほんまに？　体、大丈夫(だいじょうぶ)かいな。明日(あした)にでも病院でみてもらうんやで。楽しみにしてるから」

ぼくは次の日、仕事をしていても赤ちゃんのことが気になって仕方なかった。自宅にはまだ電話がなかったため、確認(かくにん)することもままならない。ぼくが父親になるのだろうか。巻き寿司(まきずし)を作っていても、気が気ではない。

仕事が終わると、バイクで家路を急いだ。妻はのんびりとお茶をいれてくれる。ぼくは拍子抜(ひょうしぬ)けした。赤ちゃんはできていなかったのかな。恐(おそ)る恐(おそ)る聞いた。

「どうやった？」

「うん、できてたよ」

「うわっ。ほんまか。やったー」

近所に届きそうな声で叫(さけ)んだ。妻はにこにこしながら照れている。

「皎ちゃん、ようやった」

「何言うてんの。二人の赤ちゃんやないの。それに産むのはこれからやで」

「そうやな。そうやけど、赤ちゃんがお腹にいるだけでうれしいんや」

学校にも行っていないぼくが、父親になれるとは思ってもみなかった。読み書きできないのに子どもを育てるなんて想像もしていない。街で子どもを連れた夫婦を見るといつも、うらやましいなと思っていた。

硬貨を握りしめて公衆電話に向かった。電話ボックスに入ってダイヤルを回す。義姉の美保子さんに連絡するためだ。

「義姉さん、皎ちゃんが妊娠しました。ぼくが父親になるんです」

「保さん、おめでとう。良かったね。昼間に皎子から連絡があったわ」

「ほんまに、ほんまにうれしいです。うちに赤ちゃんが来てくれるんです」

「皎子もええ年やから、体を大事にせなあかんね」

受話器の向こうから、義姉のすすり泣く声が聞こえてくる。義姉には子どもがなかった。それもあってか妹の妊娠を聞き、感極まったようだ。

ぼくは特別な信仰を持っていない。でも、気がつくと手を合わせていた。

「神様、ありがとうございました。どうか無事に赤ちゃんが産まれますように」

数ヵ月後、御所のアパートから寿司常の寮に移った。そこで妻は新聞で県営団地の入居者募集広告を見つけ応募した。子どもが生まれて三人家族になると、寮はさすがに狭すぎる。できれば内風呂もほしかった。

運良く、新築の県営団地に当選した。風呂も付いている。近くの小川沿いには桜が並び、春にはきれいな花が咲く。住所変更、運転免許の切り替えなど役所関係の手続きには、妻がついてきてくれた。

妻は妊娠直後から近所の産科医院に通っていた。そこで子宮筋腫が判明する。命にかかわる病気ではないものの、大事をとって大阪の公立病院で診てもらうよう勧められた。妻は大阪・北千里の義姉の家からしばらく通院した後、入院する。

ぼくは寿司常に勤めながら、休みごとに大阪へ通った。子宮筋腫の治療が終わると、病院を転院するように言われた。妻はこのままここで赤ちゃんを産みたいと希望する。病院に掛け合ったが、出産予定が詰まっており、受け入れる余裕はないと断られた。

ぼくたちは悩んだ。出産は近い。何とかこの病院に引き受けてもらいたい。話し合っていると病院で掃除を担当する女性がこう話しかけてきた。

「どうされたんですか。ここでお産をしたいんですか」

「そう思っているんやけど、ベッドがないから無理やと断られたんです」

女性は声を落とした。

「ベテランの看護婦（看護師）さんにお金を渡したら、入院できますよ」

言われた通り、ぼくは看護師にそっと一万円を渡した。すると「お産の予約が一つキャンセルになりました」と言われ、出産が可能になった。当時は、こうしたことがよくあったようだ。

一九七二（昭和四十七）年は二月に冬季オリンピックが札幌で開かれた。スキージャンプの七十メートル級（ノーマルヒル）で、「日の丸飛行隊」と呼ばれた日本の三選手が表彰台を独占した。

この歓喜から三ヵ月後の五月九日が出産日だった。帝王切開で産むため、あらかじめ日にちが決まっていた。ぼくは店を休み、義姉と一緒に待機する。

静かに時間が流れた。とにかく無事で生まれてほしいと願う。

しばらく待つと、看護師が手術室から出てきた。

「生まれましたよ。女の子です」

「嫁はんも無事でしょうか」

「お母さんも、赤ちゃんも無事ですよ」

ほっとし、心の底から喜びが湧いてきた。

新生児室に案内してもらう。生まれたばかりの赤ちゃんが並んでいる。

「ぼくのはどの子でっしゃろ」

「あの子ですよ」

看護師が手で示してくれる。ガラス越しに赤ちゃんを見た。可愛い顔をしている。「皎ちゃんに似たら美人になるな」と思った。他の子に比べ、ちょっと小さいようだ。

「うちの子、ちょっと小さいかな」

看護師が笑顔で言った。

「お父さんも、お母さんも小さいですからね」

「その通りですわ。間違いない。ぼくの子やわ」

ぼくは思った。

「ようやくこれで皎ちゃんと別れんですんだ」

妻はどう思っているか知らないが、ぼくには自信がなかった。「読み書きできないぼくと一緒にいてくれるだろうか」と不安を抱き続けてきた。赤ちゃんが生まれて初めて、離婚せずにすむと自信が持てた。

知人に命名を頼むと、漢字で二文字の名を付けてくれた。ぼくには読めなかった。

妻はしばらく義姉の家に残った。ぼくが出生届を出すことになる。妻は紙に大きく赤ちゃんの名を書き、その横に振り仮名を付けた。

「これを持っていって、同じように書いたらええからね」

「わかった」

と言ってはみたものの、ぼくは書けそうになかった。文字を知らない者は、「これと同じように書け」と言われても無理だ。例えば、アラビア語やウルドゥー語、タイ語の文字を見せられ、この通りなぞって書けばいいと言われても、ほとんどの人は、うまく手が動かず戸惑うはずだ。ぼくにとって日本語は、そうした馴染みの薄い言葉と同じような存在だった。

この時もぼくは薬局に行き、包帯を買った。右手にぐるぐると巻き、出生証明書と母子健康手帳を持って奈良市役所の市民課を訪ねた。緊張しながら係の女性にこう頼む。

「女の子が生まれましたんや。手をけがしてペンが持たれへんのです。悪いけど、代わりに書いてくれませんか」

出生届は本来、両親のどちらかが書くようになっている。住民票の時と違い、係の女性は気前よく手続きをすませ、最後に笑顔で「おめでとうございました」と言ってくれた。

役所を出て、近くの公園を歩いた。ベンチに座って周りを見ると、普段通り家族連れが行き交っている。初めてぼくの子どもに名前が付いた。それなのに心は浮かなかった。

「なさけないわ。娘の名前も自分で書けへんのやな。せめて子どもの名前くらいは書けるように県営住宅での家族三人の暮らしは幸せだった。ぼくが出勤する時、「じゃあ、行ってくるわな」と言うと、妻はこう返した。

「私だけやなく、赤ちゃんにも声をかけるようにしてな」

生まれたばかりの子でも、妻は一人の人間として扱うよう求めた。ぼくは出掛ける時や帰ってきた時、妻だけでなく赤ちゃんにも「行ってきます」「ただいま」と言うようになる。

二年後の一九七四（昭和四十九）年七月二十六日、次女が生まれた。同じ大阪の病院だった。漢字で二文字の名だった。この時も、ぼくは右手を包帯で巻き、市民課の窓口に行った。やっぱり自分がなさけなく思えた。

家庭ができ、仕事に熱を入れた。店では主に持ち帰り用の寿司を担当する。電話をとったり、ホールで注文を聞いたりしなくなったため、読み書きの苦労は随分少なくなった。

妻からは「お父ちゃん、明るくなったな」と言われた。笑顔が増えてきたようだ。

しかし、字の読み書きができない状況から解放されたわけではない。結婚して五年ほどたった時、寿司常は近鉄百貨店奈良店（奈良市）の地下食品売り場に店を出す。ぼくも時々、応援に駆り出された。

ある日、五階の社員食堂で昼ご飯を食べ、地下まで降りようとエレベーターに乗った。その時、百貨店の幹部ら数人がエレベーターに乗り込もうと近づいてくる。そのうちの一人が言った。

「ちょっと待って。開けといて」

閉めないでくれと叫んでいる。閉まりかけたドアを開けようと、ぼくはあわててボタンを押す。するとドアはすっと閉まり、エレベーターは降下してしまった。ぼくはボタンに記された「開」と「閉」の文字が読めなかった。

寿司常の白衣を着ていたからわかったのだろう。百貨店の社員が追いかけるように、地下の食品売り場にやってくる。

「あんた、さっきエレベーターのドアを閉めたやろ」

ぼくは頭をかきながら謝った。

「えらいすんませんでした。ボタンを知らなんだんです」

「わざと閉めたんちゃうんか」

「そんなことしません。間違えたんですわ」

「ちゃんと書いてあるやろ。見えんのか」

ぼくは平謝りするしかない。

「ぼーっとしてるからや。ほんましっかりしてや」

男性社員が去ると、清掃の女性が寄ってきた。

「兄ちゃん、エレベーターのドア間違えたんか」

「慌てて押したら、閉まってしもたんですわ」

六十歳くらいの女性は、紙に鉛筆で字を書きながら教えてくれた。

「覚えときや。この字（閉）は、しめるの意味やで。中に『才』とあるやろ。『十』に斜めの線が引いてある。この線がシートベルトや。そう覚えとき。だから閉めるなんやで」

女性は「字が読めないのか」とは聞かない。でも、ぼくの表情を見て、気づいたのだろう。清掃の人の中には、読み書きできないのを隠しながら働いている人も多かったのではないか。この女性はそうした人たちに、同じアドバイスをしてきたようだ。


奈良市立辰市幼稚園（現在の辰市こども園）を卒園した長女は一九七九（昭和五十四）年四月、市立辰市小学校に入学した。妻が風邪で寝込み、ぼくが代わりに入学式に出た。

自分が学校に行かなかったぶん、子どもには多くの友だちを作り、授業を楽しんでもらいたいと思った。

長女が小学校に入った三ヵ月後、ぼくは自動車の免許をとった。バイクの時と同様、この時も先輩が手続きをしてくれた。

受験の際、みんなは技能試験の話ばかりをしていたが、ぼくの頭の中は学科試験で占められていた。試験問題が配られても読めない。試験官に頼んで振り仮名の付いた問題用紙をもらった。恐らく、コリアンなど在日外国人の中には、字の読めない受験生も少なくなかったのだろう。読めないままに「○」や「×」を適当に記入する。何度も落ちながら最後は合格した。自分でも不思議だった。


妻は家庭を大切にした。

「お父ちゃん、どんなに忙しい時でも一日一回はみんなでそろって食事をしような」

「わかった。そうするわ」

店が忙しいため、ほとんど夕飯には間に合わない。その代わり朝はみんなで食べるようにした。店の休みの日は夕飯も一緒にとった。

ぼくには趣味らしい趣味がない。酒、たばこはやらず、友人と外食もほとんどしない。遊びはパチンコとたまにやる競馬、宝くじ程度だ。泉佐野に暮らしていた時にやった魚釣りも、奈良ではやらなくなった。とにかく家族を優先して暮らそうと思った。

子どもと接する妻の姿を見ていると、子育ては任せておけば大丈夫だと感じる。それは例えば、こんな時だ。

　子どもがたんすや机の引き出し、扉を開けっぱなしにしていても、妻は怒らず穏やかに、こう諭す。

「開けっぱなしにしていると、そこから幸せが逃げていくんやで」

　ぼくは子どものころから、しつけらしいしつけをしてもらわなかった。だから妻のやり方が新鮮に思える。ぼく自身、「この幸せが逃げてはかなわんわ」と引き出しや扉を閉めるようになった。

　次女が小学校に入ったころだった。長女は三年生になっている。居間の座卓で姉妹が会話をしていた。ぼくは店が休みで、その近くで二人のやりとりを聞いている。妻がいて、娘二人が仲良く会話している。ぼくの夢見た生活がそこにあった。

　こんなに幸せでいいのだろうかと感じた時だ。娘たちの会話にどきっとさせられる。

「そういえば、お父ちゃんが字を書いているところ、見たことないな」

　座卓にノートを開いて勉強しながら、どちらからともなく出た言葉だった。ぼくは緊張した。娘たちはぼくが読み書きできないのを知らない。悪気のない会話に胸を突かれた。娘たちは小学校に入り、字が書けるようになっている。次女でさえ自分で名前を書いた。家族の中で、字が書けないのはぼく一人だ。

「字について聞かれたらどうしよう」

どきどきするぼくの横で、妻が言う。

「お父ちゃんは小さい時、学校が遠くて通えなかったの。だから十分に勉強できんかったのよ。字もよう書かんの」

「ふーん。お父ちゃんは字が書けないのか。だから、書いているところ見たことないんやな」

娘たちは素直に妻の説明を聞いている。妻はこう続ける。

「でも今、お父ちゃんは一生懸命働いてくれている。あんたらがおいしいもんを食べ、こうやって勉強できるのも、お父ちゃんが働いてくれているからなんよ。料理が本当に上手なんやで。すごいお父ちゃんなんやで」

ぼくは眠っているふりをしながら、心の中で手を合わせた。

「皎ちゃん、ありがとう」

娘たちはぼくの字について一切話題にしなくなった。「勉強を教えて」とも言ってこない。字を書けないのは、「お父ちゃんの個性」と思ってくれているようだ。

妻は子どもたちを前に、「お父ちゃんが家族の大黒柱なんやで」とぼくを立てた。そのためか、娘は友だちに「うちのお父ちゃんや」と紹介してくれた。ぼくはそれがうれしかった。娘たちは、字の読めない者を父に持ったことに引け目を感じていない。恐らくクラスメートの親たちのほとんどは読み書きできたはずだ。それでも娘たちは屈託なく育っていく。

家族はみんな旅行が好きで、娘が小学生のころは、年に一度、一緒に旅行した。緑のトヨタ・カローラを買い、三重や和歌山といった近場だけでなく岡山にも出掛けた。

子どもが大きくなると、夫婦であちこちを訪ねた。大阪に住む義姉を誘い、沖縄や北海道も旅行した。

ぼくは落ち着いた毎日を送っていた。結婚を機に、地獄から天国に変わったほど、その後の人生は幸せでいっぱいだった。

ただ、妻に対し申し訳ないという気持ちも強かった。これほど自分の人生を変えてくれた妻に、まともに感謝の気持ちも伝えていない。口下手のため、面と向かっては語れない。

西田敏行さんの歌った「もしもピアノが弾けたなら」が大ヒットしていた。

もしもピアノが弾けたなら
思いのすべてを歌にして
きみに伝えることだろう

作詞は阿久悠さんだ。自らの気持ちを歌にして伝えたい男が、その術を持たないと嘆く歌だ。ぼくには文字がなかった。もしも読み書きできたなら、思いのすべてを手紙に書いて、妻に伝えるのに。

妻が親切にしてくれるだけに、書けない自分がなさけなかった。

君に手紙です

第八章　一人前の人間になりたい

一九九五（平成七）年一月十七日早朝、兵庫県を中心に巨大地震が起きた。阪神・淡路大震災だ。

奈良市も震度四の揺れに襲われる。ぼくは飛び起き、外へ逃げた。妻と娘たちは眠ったままだ。揺れが落ち着くのを待って戻ると、妻がようやく目を覚ました。

「お父ちゃん、どこ行ってたの？」

「大きな地震が起きたんや。気づかんかったんか」

「知らんかったわ」

「かなり揺れたで」

「あんた、一人で逃げたんかいな」

「皎ちゃんも逃げると思ったんや」

「何で起こしてくれへんの。冷たい人やな」

その後、意見が食い違うと、妻はこう言うようになった。

「お父ちゃんは、私をほっといて逃げる人や」

兵庫県西宮市の震度は七だった。ぼくたち夫婦には気になる親類がいた。二人を引き合わせ、仲人もしてくれた恩人が西宮に住んでいた。

妻は大阪の義姉と一緒に地震の翌日、支援物資を持って西宮に向かう。だが電車が動かず、たどり着けなかった。無事とわかったのはしばらくしてからだ。

翌年、ぼくたち夫婦は還暦を迎えた。寿司常の定年は六十歳だ。ぼくは働きぶりを評価してもらえたようで、継続雇用されることになった。

妻は子育てが一段落した後、スーパーの惣菜売り場でアルバイトをしていたが、六十歳を機に辞めた。職場を去る日、仲間から寄せ書きをもらってきた。

〈優しく　楽しい西畑さんが職場からいらっしゃらなくなると思うとすごく淋しいです〉

〈励まして頂き　勇気づけて頂き感謝しています。今の若さを保って元気でいて下さい〉

中には、「いつまでもダーリンと仲良くしてください」との言葉もあったようだが、ぼくには読めない。このころになると妻はその状況を受け入れていた。「せめて名前と住所は書けるようにしてほしい」とも口にしなくなった。

一九九八（平成十）年四月十一日、次女が結婚した。ぼくたち夫婦は式・披露宴に出席した。

仕事を辞めたあとの生活について考え始めたのはこのころだ。還暦から二年が過ぎている。ぼくは、少しずつ字を勉強したいと思い始めた。以前、あれほどかたくなに拒否しながら、字の勉強をしてみたいとの気持ちが湧いてきたのは、自分ながら不思議だった。

パン屋でアルバイトを始めたのは十二歳の時だ。それから五十年間、働いてきた。いろんな人と接するなか、はっきりと認識させられたのは、「読み書きできない者は一人前の人間として扱ってもらえない」という事実だった。

せっかく生まれてきたんだ。一人前扱いされないまま終わるのはあまりにも悔しく、寂しい。通夜や葬儀では記帳を避け、送別会では色紙が回ってくるのを恐れた。選挙では白紙で投票し、大切な友人が変死したというのに、警察の聴取では署名のことばかりを考えていた。明るく振るまいながらも、いつも頭の隅に読み書きのことがあった。このままではあまりにもみじめすぎる。それでも具体的にどうしたらいいかがわからなかった。

一九九九（平成十一）年の冬、いつものように閉店後、スーパーカブ（原付きバイク）で家路を急いでいた。交差点近くで速度を落とすと年配の女性たち七、八人の姿が目に飛び込んできた。楽しそうに会話をしている。「何をしているんやろ。集会の帰りかな」と気になった。

注意して走っていると、翌日以降も同じ光景に出くわした。

寿司常の仕事が片付くのは午後八時四十分だ。午後九時に店を出ると、同じ場所で年配者たちが会話している。バイクの速度をぐっと落として耳を傾けると、話題は算数の計算や読み書きについてのようだ。

　翌年、年が明けてすぐ、ぼくは六十四歳になった。春には晴れて寿司常を退職する。

　三月に入って間もない夜だった。普段通りバイクに乗っていると、またあの女性たちの姿を見かけた。ぼくはエンジンを止めて歩道に寄せる。

「おばちゃん、いつも楽しそうやな」

　声をかけると、女性たちはすぐに気を許してくれた。

「毎日、楽しいで」

「ここで何してんの？」

「勉強してんのんやで」

「何の勉強やの？」

「学校の勉強やんか。ここは学校やで」

　女性たちが一斉に後ろを振り向いた。大通りを少し入ったところに学校があるようだ。

「学校って？　誰でも行けるの？」

「夜間中学っていうてな、うちらみたいに年とったもんでも行けんのや」

「中学か。それやったら小学校を出てなあかんのと違うの？」

「ううん。この中学は誰でも勉強できるんや。なーんにも知らんでもええねん」

「字が読めんでもええんか」

「もちろんや。『あいうえお』から勉強できる。字ぃ知らんでも、先生がちゃんと教えてくれはる」

「何歳でもええんか?」

「何歳でも大丈夫や。兄ちゃんなんか若い方やで」

「そこに行くには、どうしたらええの?」

「夕方、学校に来るだけでええんや。先生が親切に(手続きを)教えてくれはるわ」

「そうなんか。いつも楽しそうに話をしているのを見ていたから、何があったんかなと思ってたんよ」

「そりゃ楽しいで。読み書きできるようになんねんから」

「ええこと聞いたわ。ありがとう」

女性たちと別れ、バイクを運転していると、学びたいという気持ちが湧き立ってくるように思えた。

「ぼくにもできるかもしれへんな」

不思議な感覚だった。以前妻が手を取り、字を教えてくれた時は、嫌で嫌で仕方なかった。残業だと偽って、帰りを遅らせたほどだ。それなのに今、習ってみたいとの感情が大きくなっている。

以前は、はなっからあきらめていたのだ。無理やという考えが先に立った。自分よりも年齢の高い女性たちと話していて、ぼくにもできるかもしれないと思い始めた。女性たちの笑顔がぼくのかたくなな心を解かしていく。

人は誰も、高すぎる目標を前にするとやる気が起きない。スポーツを始めたばかりの者に、オリンピックを目指せと言ったところで、まともに受け止めないだろう。できるはずがないとあきらめてしまうはずだ。何とかなるかもしれないと思えた時、それは目標になる。

ぼくにとって読み書きは、高くて険しい道だった。越えられるとは到底思えなかった。女性たちの楽しそうな会話を聞いた時、自分にもできそうな気がしてきた。学校がどんなところか、どのように勉強するのか、まだ知らない。それでも、この女性たちができるなら、自分にも不可能ではないかもしれない。女性たちに勇気をもらった。自分にも書けるかもしれない。そう思うと、勉強したいという気持ちが強くなってきた。

春日中学校夜間学級（夜間中学）に入ろうと思った。もしも字を書けるようになったら、やってみたい夢があった。ただ、家族にもその気持ちは明かさなかった。

入学手続きのため学校を訪れたのは二〇〇〇（平成十二）年三月の終わりだ。校舎は、若い人たちが学ぶ春日中学校の隣に建っていた。鉄筋二階建てで、一九八五(昭和六十)年に完成している。ぼくは尻込みすることなくすっと玄関を入った。靴をぬいでスリッパに履き替え、職員室を目指す。字は読めないが、職員室の場所は見当がついた。以前、定時制高校に出前していたため学校の構造は理解できている。

職員室に入ると、男性教員が笑顔で対応してくれた。

「何の用でしょうか」

「入学したいんですが」

「ああ、それやったら、こっちに来てください」

「自分の名前もよう書きませんのや」

「そんなん気にせんでええです。『あいうえお』から教えます」

「そうですか」

「名前と住所のわかるもんありますか」

運転免許証を提示した。先生はそれを見ながら手続きをすませてくれた。

「入学式は四月十一日ですから、その日の夕方、来てください」

その夜、ぼくは妻と長女と三人で夕飯をとった。食事をしている間も夜間中学については黙っていた。この年になっての入学に、気恥ずかしさも覚える。その一方で妻と娘を驚かせたいとの思いもあった。ぼくは人をびっくりさせるのが嫌いではない。

食事の片付けを終え、みんなでお茶を飲みながらテレビを見ている。

照れながら言った。

「あんな、夜間中学に行こうと思うねん」

妻が驚いた表情でぼくを見る。

「えっ、中学って何なん？」

「夜の中学や」

「勉強するの？」

「そうや。字を習おうと思うてな」

「えーっ、中学やろ。その年でも入れるの？」

「何歳でも大丈夫なんや。『あいうえお』から教えてくれる」

二人のやりとりを聞いていた長女が、口をはさんだ。

「お父ちゃん、何を考えてんの。そんなん無理に決まってる。やめときって」

「お父ちゃんより年とった人でも習ってはる。何とかなると思う」

「今さら、字ぃなんか勉強せんでもええやん。無理せんでええやんか」

「いや、お父ちゃん、やりたいねん。勉強したいねん」

「何でやの。今までそんなん言うたことなかったやんか。勉強なんてしたことないやん。すぐに嫌になるって。それやったら最初からやめといた方がええと思うわ」

妻は黙って、ぼくと長女のやりとりをながめている。テレビでは、お笑い芸人が笑わせ合っていた。ぼくはきっぱりと言う。

「もう決めたんや。中学で勉強する」

決意の固さを知り、長女は説得をあきらめたようだ。妻がうれしそうに言った。

「あんた、それならすぐに手続きしないと間に合わんのと違うの？」

「もうしてきた」

「えっ？　いつよ」

「さっきや。帰ってくる前」

「えーっ」

妻と長女は驚いている。

「それで、いつから行くの？」

「四月十一日が入学式や」

妻の目からは今にも涙があふれそうだ。

入学を決めると妻や娘たち、そして親類がお祝い金をくれた。長女も理解してくれた。ぼくはそのお金を文具代にあてた。妻からは鉛筆を一ダースももらった。

春日中学校夜間学級の入学式は二〇〇〇年四月十一日の火曜日だった。奈良は最低気温が四・六度で、この時期としては肌寒かった。午後になってようやく晴れ間が広がった。

式は午後五時半から、学校の講堂で開かれた。女性の多くはスーツで正装していた。ぼくはジャンパーにスラックスという普段着で臨んだ。一九四二（昭和十七）年の国民学校入学以来、五十八年ぶりの入学式だ。ぼくは大井晃校長のあいさつを神妙に聞いた。

教室に入って、みんなとあいさつを交わす。誰かが言った。

「手続きのため玄関から入る時、緊張したわ」

どうだったかと聞かれたので、ぼくは答えた。

「緊張はなかったな。すっと入れたで」

「俺は、三十分くらい行ったり来たりしてたわ」

夜間中学に入学を希望する者の中には、玄関の前で入ろうか入るまいかと迷う生徒は多い。子どものころに学校で嫌な思いをしたり、社会に出てからも読み書きができないのを隠しながら生きたりしているためだ。玄関を入ろうとして、胸が苦しくなり、引き返してしまう人さえいる。

クラスメートにはぼくよりも年をとった人も少なくなかった。ぼくと同じようにほとんど読み書きできない人もいた。この人たちと一緒なら、頑張れそうな気がする。

その日午後九時半ごろ、家に帰ると、妻は赤飯を炊いてくれていた。ぼくは言った。

「おっ、赤飯か。卒業する時も炊いてや」

妻はほほ笑みながら大きくうなずいた。


夜間中学の授業は平日の午後五時半から九時までだ。七時五分から七時半までが休憩で、うどんやパンを食べる。四十五分間の授業が一日四コマある。

授業科目は国語、算数、理科、社会に英語。体育や美術もあった。

ぼくが入学した当時、一年生が一クラス、二年生と三年生が各二クラス、それに障碍者クラスがあり、生徒は計百五十三人もいた。在籍期間に制限はなかった。

全校生徒の中には、高齢者だけでなく体が不自由な人、中国からの帰国者、在日コリアン、そして学齢期を過ぎてから最近、日本にやってきた「ニュー・カマー」と呼ばれる外国人がいる。貧困や障碍、不登校、いじめなどさまざまな理由があるものの、学校教育を受けられなかった点では共通している。生徒数が多いため、ぼくたちは当時、図書室で授業を受けた。

ぼくは授業が始まる一時間前には「教室」に入る。五時前になると教室のあちこちで、「こんにちは」と生徒たちの声が響いた。

「孫が来てな。可愛いねんけど、小遣いやらなあかんからな」

「小遣いやれるだけ幸せやんか」

　みんな雑談に余念がない。

　しかし、授業が始まると教室は水を打ったように静かになった。みんなが机に向かって懸命に勉強する。

　春日中学校夜間学級では教科書を使わない。教員が生徒の学習レベルに合わせてプリントを作ってくれる。ほとんど読み書きできないぼくのような生徒は、国語を中心に学ぶ。他の生徒が社会や理科を学ぶ横でひたすら字を覚える。読み書きできなければ、他の科目のプリントも理解できないためだ。

　最初の授業の時、先生に聞かれた。

「西畑さんは、どうしましょう。何を学びたいんですか」

「まずはひらがなですわ。『あいうえお』から教えてもらえますか」

　ぼくは子どものころに、ほんの短い期間だけ小学校に通った。その当時、教科書の最初に書かれていたのはカタカナだった。あのころはカタカナなら何とか書けたように思う。そのためか社会に出てからもカタカナには拒否反応が少なかった。書けないまでも、何となく読めるような気がした。

　一方、ひらがなは全然、わからなかった。そのため、ひらがなを教えてもらいたいとお願いすると、先生はぼくのレベルに合ったプリントを渡してくれた。新しく入学した生徒には毎年何人か、ぼくのように「あいうえお」さえわからない者がいる。そのため、すでにプリントが用意されていたようだ。

　プリントには大きな字で、「あ」「い」「う」「え」「お」と書いてあった。

「西畑さん、上から『あいうえお』と読みます」

　先生はそう言うと、黒板にゆっくりと「あ」と書いた。

「字には書き順があります。まず、横に棒を引いて、次に縦、そして、くるっと丸を描くように書きます。自分のノートに書いてください」

　ぼくは妻からもらった鉛筆を握った。ノートの白いページに、プリントの「あ」を見ながら、鉛筆を走らせようとしても思うように手が動かない。書ける人なら何の苦も感じないことでも、長年字を避けてきた人間にとっては容易でない。自転車にしてもそうだ。乗れる者は意識しないで、バランスをとれるが、乗った経験のない者はペダルをこぐだけでも一苦労だ。ぼくにとって「あ」という字は、最初に自転車にチャレンジする時のように大きな壁だった。

　プリントの字を見ていると、「あ」よりも「い」や「う」の方が簡単に思える。

「何で最初の文字が『あ』なんかな。『い』から始めてくれたら楽やのに。でもやっぱり『あ』が最初やろな。『いうあえお』では何となくしっくりけえへんもんな」

鉛筆を握った手が動かない。

「うーん、あかんな。難しいわ」

「うまく書けませんか」

先生はそう言うと、ぼくの手を持ってノートの上で動かしてくれた。白いページに「あ」という字が誕生した。

「こうやったら書けるでしょう。さあ、自分で書いてください」

今度は自分で書いてみた。形は悪いが、何となく「あ」に見えないこともない。自分で書いた最初の文字が電灯に照らされ、浮かび上がってくるように思えた。先生が言った。

「書けたやないですか。ちゃんと読めます」

ぼくは何度も何度も「あ」を書いたあと、「い」「う」と続ける。「え」「お」は少し難しかった。「お」は「あ」に似ているため、頭が混乱してきた。

一文字、一文字覚えていると、周りからも鉛筆を走らせる音が聞こえる。前年度から学んでいる生徒はひらがな、カタカナをマスターして漢字に移っている。教室のあちこちで小さな声が上がる。

「あかん。この字、また忘れたわ」

「この間は覚えてたのに、きょうはまた書けへん。うちの頭、どうなってんのかな」

それぞれの生徒に、先生は丁寧に教える。

ぼくはノートにひたすら、「あいうえお」を書き連ねた。何ページにもわたって「あいうえお」の文字が並んだ。授業が終わり、帰ろうとすると窓から差し込んだ月の光がぼくのノートを照らした。字の並ぶノートは輝いて見えた。これほど美しい帳面を見るのは初めてだった。


家に帰ると妻が言った。

「どうやった？　続けられそうか」

「うん、何とかなると思うわ」

妻は心からうれしそうな顔をしている。それを見た時、ぼくの心はほっとする感覚で満ちた。

字が書けないのがわかった時、妻は一生懸命、字を教えようとしてくれた。しかし、ぼくには覚える気持ちが湧いてこなかった。鉛筆を持つと手が震えてしまう。

半年ほどすると、妻は「字を覚えて」とは言わなくなった。ぼくはほっとする反面、期待を裏切っている事実に対し申し訳ない気持ちがあった。夜間中学に入って初めて、そうした感情が解けていった。

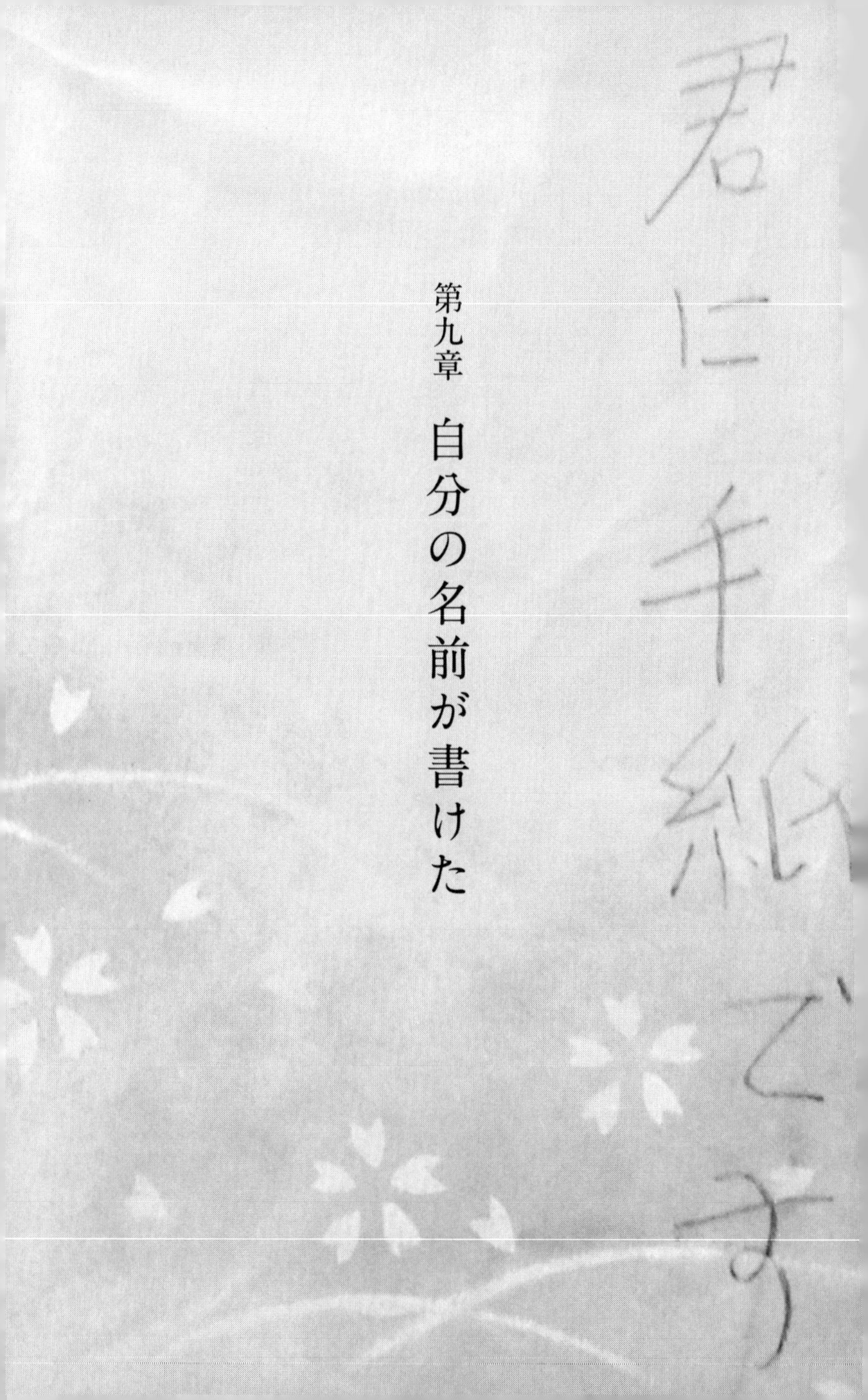

第九章　自分の名前が書けた

夜間中学では休憩時間になると、中国語やフィリピンのタガログ語、ブラジルのポルトガル語も飛び交った。日本にやってきた外国人や中国残留孤児の学びの場にもなっていた。

ぼくはこれまで出会わなかったような人たちとも友だちになれた。休憩時間にはいつも、興味深い体験を聞かせてもらった。高齢の在日コリアンはこう話した。

「たくさん子どもを産んでね。さすがに九人目を妊娠した時、『また、妊娠したんかいな』と言われるのが嫌で、流産してほしいなと願って机の角で腹を打ったりもした。そやけど産んでよかった。今、その子が一番優しくしてくれるわ」

別の日本人女性はこう言った。

「西畑さん、聞いてくれる？　うれしいことがあったんよ。電車に乗っていてな、『新田辺』の駅の字が初めて読めた」

そして女性は笑顔を浮かべた後、声を落とした。

「こんな話、ここでしかでけへんわ」

別の女性は算数の授業を受けた時の驚きを語った。

「この間、夜間中学の生徒発表会で誰かが言っていたやろ。私も同じやったんよ。まさかマイナスの数字があるとは夢にも思わんかった。マイナスってゼロより少ないってことやろ。何にもないのがゼロやんか。それよりもさらに下があるんやな。ほんまびっくりやわ」

みんな似たり寄ったりの経験をしていた。外では恥ずかしくて口にできない話も、ここでは気にする必要がない。そうした体験を語り合っているうちに、みんなの顔が明るくなってくる。

お年寄りの女性はぼくにこう言った。

「実はな、ここに入るまでは回覧板が怖かったんよ。いつも読まずに回していたわ」

「ぼくも同じような経験をしてますよ。嫁さんに読み書きできんのがばれたのは回覧板がきっかけやったから」

「奥さんに黙って結婚したんかいな」

「読み書きできないと言うたら、絶対に結婚できひんと思っていたからな」

「奥さん、びっくりしたやろ」

「驚いてたけど、別れようとは思わんかったって」

「ええ奥さんやないの。大事にせな、ばちがあたるで」

「ぼくには過ぎた嫁さんです」

「子どもの名前はどう付けたの？　役所に届ける時、書かんとあかんかったやろ」

「知り合いに付けてもろた。役所に届ける時が大変やったわ。手を包帯でぐるぐる巻きにして、係の人に頼んだから」

ぼくより高齢の人も少なくない。九十代の女性と親しくなった。ぼくにとっては親の世代だ。ある日、「お茶でも飲みにおいで」と誘われた。

奈良市内の家を訪ねてみると、今にも壊れそうな長屋だった。部屋は一つだけで、テレビをはじめ家電や家具はほとんどない。

一緒にお茶を飲みながら部屋を見渡した。隅に写真が立ててある。よく見ると、若い男性と子どもが並んで写っている。女性はぼくが写真に目をやっているのに気づいた。

「お父さん（夫）とむすこですわ」

みるみるうちに女性の目がうるみ、しわの多い目尻から涙がこぼれそうになる。ぼくは以前、夫が亡くなったとは聞いていたが、むすこについては知らなかった。

「二人とも亡くなりはったんですか」

「一緒にダイナマイトで吹き飛ばされてな」

「どうしたんですか」

「うちの人は三重県の炭鉱で働いていたんです」

「鉱山事故ですか」

「そうやったら会社からおカネがもらえるんやけど。川の魚をとるために爆発させたから、会社から一銭も出ぇへん」

「ダイナマイトはどうしたんですか」

「会社から盗んだらしい」

「ぼくも子どものころに、村の大人がダイナマイトで魚をとってるのを見ました」

「うちの人が魚をとろうと川にダイナマイトを仕掛けたようです。導火線に火を付けたところで、つまずいてな。それを助けようと近づいたむすこも一緒にバーンと」

「むすこさんはいくつやったんですか」

「十二ですわ」

「まだ子どもですね」

「それからですわ。うちの人生がおかしくなったんわ。盗んだダイナマイトの事故やから、会社の人には白い目で見られて、社宅にも住まれへんようになるし」

女性は事故後、大阪や名古屋で働いた。

「子どものころから家が貧乏で、学校に行かせてもらえへんかった。どこに行っても、読み書きで苦労したわ」

夜間中学で字を学び、ようやく落ち着いた生活を手に入れたという。

「卒業したら、定時制高校に進学しようと思てるの」
しばらくして女性は亡くなる。夜間中学ではほぼ毎年、在校生の死去が報告された。ようやく学ぶ楽しさを知った時、直面するのは寿命という壁だった。

ぼくは入学以来、ひらがなの勉強を続けていた。梅雨が明けるころには五十音を一通り読めるようになった。しかし、いざプリントを見ずに書いてみるとうまくいかない。

ひらがなには「れ」と「わ」、「ぬ」と「め」のようによく似た字があった。また、「す」や「な」「よ」のように途中で丸を描く字は、複雑で書きにくかった。それでも夏休みが終わり、二学期になるとひらがな、カタカナは一応習得できた。

夜間中学では年に一度、全生徒が作文を書く。締め切りは十一月で、年度末に作る文集に掲載される。テーマも長さも自由だ。作り事ではなく、自らの経験について書かねばならない。先輩たちは口々に言っていた。

「また、作文の季節が来たわ。もう書くことあれへんな」
「気が重いわ」

ぼくは初めての作文が楽しみだった。

担当教員は女性の松田秀代先生だった。みんなが先生と相談しながら書いていく。

中国残留孤児の男性に、先生がこう聞いている。

「生まれは中国なんですか」

「いや、日本で生まれて、六歳で母と一緒に中国に渡ったんです。その時は中国語が全然わからへんかった」

「そして、どうしたんですか」

「敗戦になって、中国の養父母が育ててくれました。残留孤児です」

ぼくはそのやりとりを聞きながら、大変な人生を送ってきたんだなと思った。男性は続ける。

「日本に帰ってきたのは五十三歳の時です。日本語をすっかり忘れているから、今度は日本語がわからへん。夜間中学に入って、何とかしゃべれるようになってきました」

先生は男性に優しく声をかけた。

「そういう話を正直に書いてください」

朝鮮半島出身の七十代女性は戦時中、米軍の空襲にも遭ったらしい。

「先生、わたし、空襲から逃げて奈良に来たんです」

「いくつの時ですか」

「二十歳やったですかね」

「何をしていたんですか」

「軍需工場で働いていたんです。二歳の時に朝鮮から日本に来たんです。だから、朝鮮のことは覚えてません」

「誰と一緒に来たんですか」

「お父さん、お母さんと一緒でしたが、二人ともわたしが十二歳の時、亡くなってしもたんです」

　女性はそれから奉公に出たが、まともにご飯を食べさせてもらえなかった。

「結婚したんですが、夫も読み書きでけへんの。だから、子どもの保護者会にもよう行きませんでした」

　ぼくの場合、妻は読み書きが得意だ。それだけでも幸せだと思った。女性はおそらく、在日コリアンとして差別も経験したはずだ。

　作文の時間は、夜間中学でしか聞けない人生経験を知る時間だ。別の在日コリアンの女性はこんな話をした。

「先生、わたしは日本で太平洋戦争を経験し、韓国に帰ったら、今度は朝鮮戦争でした」

「大変でしたね」

「いじめも日本と韓国、両方で経験しています。日本にいた時は『朝鮮人、朝鮮人』言われ、帰ったら、『チョッパリ（日本人に対する差別語）、チョッパリ』ですわ。いじめられるために生まれてきたんかなと思いました」

そうした体験談を耳にしているうちに思った。何も飾る必要はない。どんな体験も恥ずかしくない。自分の経験してきたことを正直に書いたらいいんだと。

「先生、ぼくは小学校のことを書きますわ。行かんようになった理由を」

「何年間か通ったんですか」

「よう覚えてへんのです。一年か二年、通ったように思います」

「それで行かんようになったんですか。何かあったんですか」

「学校が遠かったんですわ」

「そういう話を書いてみてはどうですか」

ぼくのいえはやまのなかにありました。がっこうからとおかったです。

ここで手が止まってしまう。

「あとは何を書いたらええんかな」

「そんなに遠いんやったら、何時に起きなあかんかったんですか」

「朝の五時やったんとちゃうかな。子どもの足なら何時間もかかったと思います」

「学校に行く時はどんな様子だったんですか」

「途中に洞穴があって、お化けが怖くて一人ではよう行かんので、姉と一緒でした」

ぼくはまた、書いていく。


いえからがっこうまでさんじかんかかった。あさはごじにおきてあるきました。


ぼくは家に帰ってからも作文を書いた。漢字が書きたくなり、妻に相談した。

「学校で作文を書かなあかんのや」

「えっ？　一年目から作文？　書けるか」

「全員書かなあかんのや。学校で書いてみたけどうまく書けへん」

「ひらがなだけで書くの？」

「いや、ちょっとは漢字も書きたい。文集に載せるらしいから」

「でも、漢字はまだ無理やろ」

「ひらがなばかりでは体裁悪いんや」

「お父ちゃんは、格好付けやからな」

「だから助けてくれへんかな。ぼくが話すから、それを書いてくれるか。後から自分で書き直すわ」

こうやって妻による口述筆記が始まった。

学校に行けなくなった理由を書いている時、妻がたずねた。

「学校に行けなかったのは、遠かったからだけなん？」

「子どもの足で三時間くらいかかったんとちゃうかな。往復六時間や」

「そやけどお姉さんは通っていたんやろ。なんであんただけ学校に行かんようになったの？」

「うーん、そうやな」

クラスでいじめられた体験を語るのに抵抗（ていこう）があった。弱虫と思われるのが嫌（いや）だった。ぼくなりにプライドがあったのかもしれない。でも、思い直した。辛（つら）い目に遭（あ）ったのはぼくだけではない。夜間中学の生徒の話を聞いていると、ほとんどの人が口にできないほどのいじめ、嫌がらせを経験している。恥（は）ずかしがる必要はない。そう思った時、自然に口をついて出た。

「いじめられたんや」

「何でいじめられたの？」

「貧乏（びんぼう）やから」

「それだけやったん?」

「お金をなくしたのがきっかけや」

「それを書いたらええんと違うの?」

先生や級友にいじめられたのは、ぼくにとって恥ずかしい体験だった。心の奥にあるプライドが邪魔をして、これまで語れなかった。学校では先生、家に帰ってからは妻と話をしながら作文を書いていく。その過程で、だんだんと見栄を張らなくてもいいように思えてきた。体験をありのままに書く覚悟ができた。

妻の質問にぼくが答え、それを妻が原稿用紙につづる。漢字にはすべて、振り仮名を付けてくれる。

「どうやって、そのお金をためていたの?」

「雁皮って知らんかな。お札の紙になるらしく、高くに売れたんよ。山の中で雁皮の木を探すんや。危ないがけのところなんかにあるんや。それをとって皮をはいで乾かすやろ。その皮を売ったお金やった」

「いじめられたって、どんなことされたの」

「うーん」

「どんなことされたんか知りたいわ」

妻に誘われるように話す。

「ぼくが学校に行っても、誰も話しかけてくれへんのや。みんながボールで遊んでいるやろ。それがこっちに転がってきたから投げ返したのよ。そやけど誰もとろうとしてくれなんだ。お金についてて、ほんまのこと言うてるのに、誰も信じてくれへん。頭から疑ってかかる。『うそつきは泥棒の始まりや』言うて、泥棒扱いまでされたんや」

妻に書いてもらった文章をぼくは自分の手で写す。早めに学校に行き、授業が始まるまでの時間を利用して書いた。

まだ、自分の名前も漢字では書けない。知らない漢字を写すのは大変だ。「学校」「運動場」「電気」「雁皮」。それぞれの字を書くのに一時間以上かかった。

一ヵ月ほどかけてぼくは作文を書き上げた。それを読んだ松田先生が、字や表現の間違いを指摘してくれた。ぼくはまた、書き直す。何度かこうしたやりとりを繰り返し、十一月末に人生初の作文が完成する。数えてみたら、一行十五字の用紙で百行になっていた。

なくした一〇〇円

西畑保

僕の生まれた所は和歌山県熊野川相須村です。今は町になっています。昔は村でした。僕の家は村から十キロぐらい山に入ったところにありました。家には電気もついていなかったです。父の仕事は木炭を焼いていました。山の中の炭焼き小屋でした。僕の兄弟は五人でした。姉と長男の僕と弟と妹二人でした。母は僕が七歳ぐらいの時に亡くなりました。母が亡くなって三、四ヵ月たったぐらいに三重県の紀和町に父とおじさんに連れられて行きました。行った先の家には男の人と女の人がいたのを覚えています。父はその家に僕をおいて帰ろうとしたので大声で泣きました。父は仕方なく家につれて帰りました。父が、なぜ僕をその家に連れて行ったのか分かりませんでした。後で分かったことですが、僕をお母さんの親類の子供にするということでした。八才ぐらいの時に父が本当の父ではないことが分かりました。母は他の人と結婚して、すぐに離婚しました。僕が腹にいたそうです。父も離婚していました。父には三才の子供がいました。父は子供を育てるのに、僕が腹にいたのを承知で母と一緒になったそうです。

僕が小学校に入学する時は母が亡くなってすぐでしたので姉に連れられて入学しました。家から村まで十キロぐらいで、村から学校まで三キロぐらいでした。家から学校まで子供の足で三時間かかったと思います。学校に行くのに朝は五時に起きて細い山道を歩きました。その山道は暗くて大きな木があって、ほら穴がありました。子供の頃にオバケが出ると聞いていたので、こわくて一人では学校に行けなかった。それでも一年二年生の時は休みながらでも学校に行っていました。

三年生の時に、僕は学校で一〇〇円を失いました。昭和二十三年ぐらいの時の一〇〇円です。大きなお金だと思います。お金が出てきました。先生が「だれのお金ですか」と聞きました。「僕です」と言うと、先生は「西畑君はそんなお金は持っていない」と言いました。生徒も変な目で見ました。先生は父に「子供にお金を持たせましたか」と聞きました。父は「子供にはお金をあげてない」と言いました。僕の家は貧乏でした。そのころ、ぼくは時々友だちと山に行って雁皮を取って、ほして売っていました。その木の皮は札のお金を作るのに高く売れました。なくなったお金はその皮を売ったお金でした。だれも僕がお金を持ってることをしりませんでした。次の日学校に行ってもみんなが僕に話（し）かけてくれませんでした。だから僕は数日休んで学校に行きました。休み時間にみんなが運動場でボールで遊んでいました。僕の所にボールがとんできたので拾ってすぐにボールを投げかえしましたが、だれも受けとってくれませんでした。教室に入っても先生と生徒が変な目で見ました。それから学校に行くのがいやになりました。あの一〇〇円事件がなかったら僕は毎日学校へ行って、もっと勉強をして、字の知らない苦労をしなかったと思います。一〇〇円のことは先生も生徒も忘れていると思います。でも僕は時々思い出すことがあるのです。

子供の頃にグローブを買って欲しいと五日ぐらい泣いたのを覚えています。でも父は買ってくれませんでした。学校に何年行ったのか覚えていません。
炭焼き小屋から村に引っ越ししました。家には電気がついていました。父は山にイノシシを取りに行っていました。父はよくイノシシの肉を食べていましたが、僕は子供の頃はあまり食べた記憶がありません。良い思い出は田舎の山や谷川で遊んだことや秋になると紅葉がきれいなことだけです。

※書かれている出来事と当時の年齢が合っていない箇所がありますが、西畑さんの作文をそのまま引用しました。

完成した作文を読み直して思った。

「この百円についてはもっと書ける。十分には書けてないわ」

ぼくは誰の力も借りずに文章を書けるようになりたかった。そのためには漢字を覚えなければならない。

担任の松田先生はぼくの作文を読んで、こんな文章をくれた。

〈「人との和を作るには、まず、自分から話しかけなあかんと思います」と、西畑さん。クラスのみんなの心をいつも和やかにしてくれます。さまざまな経験の中から出る一言は、西畑さんの誠実な生き方を物語っています。

学校に来るのも授業が始まる一時間前。勉強が楽しくてしかたない様子です。〉

十二月に入るとぼくたち一年生に課題が出た。クラスの仲間にあてて年賀状を書くのだ。文面を考えて鉛筆で下書きをし、先生にチェックしてもらいながら何度も書き直す。

ぼくは文面を「あけましておめでとう。今年もよろしく」とすることに決めた。

先生が言った。

「最初は鉛筆で書いてください。うまく書けたら、それをボールペンでなぞって。あとから消しゴムで鉛筆を消したらええからね」

なかなかうまく書けず、クラスメートと相談する。「あ」と「お」が似ているため、「おけまして」になってしまう。先生に指摘され、ぼくは言う。

「なさけないな。この年になってひらがなさえ間違えるんやから」

何度も練習し、完成した下書きをなぞるようにボールペンを走らせる。最後に消しゴムで鉛筆の跡を消して仕上げた。

ぼくの家では毎年暮れに妻が賀状を書いていた。子どもが生まれてからは、娘たちの顔写真を載せ、文面は妻が筆ペンで書く。

差出人には、「西畑保」とも書いてくれた。受け取った人はぼくが筆で書いたと思っていただろう。実際はフォトショップに娘二人の写真を持っていっただけだ。

そのぼくが初めて自分で年賀状を書いた。級友十二人のほか自分の姉にも出した。

年の瀬になった。妻はこの時期、機械で正月用の餅をつく。岡山の実家から送ってもらった餅米をこねて丸餅にする。

二十世紀が終わり、新しい世紀に入った。

二〇〇一（平成十三年）年の元旦。奈良の朝は冷え込んだ。妻が丸めた餅でぼくが雑煮を作る。こんぶとカツオでだしを取り、ゴボウや大根を入れ、みそで味付けした。

家族でそれを食べた。

年賀状が待ち遠しかった。初めて自分で読めるのだ。

午前十時ごろ、郵便受けが「ことん」と音を響かせた。心を躍らせ見に行く。はがきの束が届いていた。急いで輪ゴムを外し、一枚一枚確認する。

クラスメート全員から届いていた。ぼくは何度も読み返す。ちゃんと読めた。

級友たちが何日もかけて書いた年賀状だ。読んでいると友人の顔が浮かび、胸のあたりがぽかぽかと温かくなってくる。妻に言った。

「みんなから届いているわ」

「よかったね。私にも読ませて」

妻がうなずきながら読んでいる。

「お父ちゃんのもきっと届いているはずやわ」


休み明けの登校日、ぼくが確認（かくにん）すると、みんなが言ってくれた。

「元旦（がんたん）に届いたで」

「ちゃんと読んだよ」

少し遅（おく）れて、姉からも返信があった。こうつづられていた。

「よくがんばったね」


入学からほぼ一年がたった。ぼくは漢字に挑戦（ちょうせん）していた。まずは自分の名前だった。先生の用意してくれたプリントを見ながら、まねをするように書く。そのうちお手本を見ればすらすらと書けるようになった。次はそれを見ずに挑戦してみる。間違（まちが）っていないか、確認する。「西」はすぐに覚えたが、「畑」と「保」が難しかった。

何度も何度も書く。完全に覚えたと思っても、翌日には忘れていた。この年齢になって覚えるのは難しい。それでもあきらめない。来る日も来る日も自分の名を書いた。もうプリントを見る必要はない。

「先生、名前が書けるようになりましたわ」

「そうですか。書いて見せてください」

ぼくはノートに名前を書いた。

西畑保

「ちゃんと書けていますよ。よく頑張りましたね」

右手が自分の名を覚えてくれた。かつて住民票の申請や娘の名前を届ける時、ぐるぐると包帯を巻くしかなかった手がようやく名前を習得してくれた。手が誇らしく思える。

その日、校舎を出ると大きな月が浮かんでいた。普段にも増して晴れやかな気持ちがする。

胸を張って帰り、妻に報告した。

「きょうな、プリント見んでも名前が書けたわ」

妻は笑みを浮かべた。

「ほんま？　書いて、書いて」

ぼくは座卓の上にノートを広げた。右手でしっかり鉛筆を持ち、ゆっくり動かした。妻が鉛筆の先を見つめている。縦、横の線が形になって現れてくる。

「西」「畑」「保」

　三文字が並んだ。

「ちゃんと書けてるわ。すごいな。お父ちゃん、ほんまにすごいわ。よう頑張ったね」

「ありがとう」

「次は私の名前を書いてね」

「晈ちゃんのは難しいわ。もうちょっと待っててな」

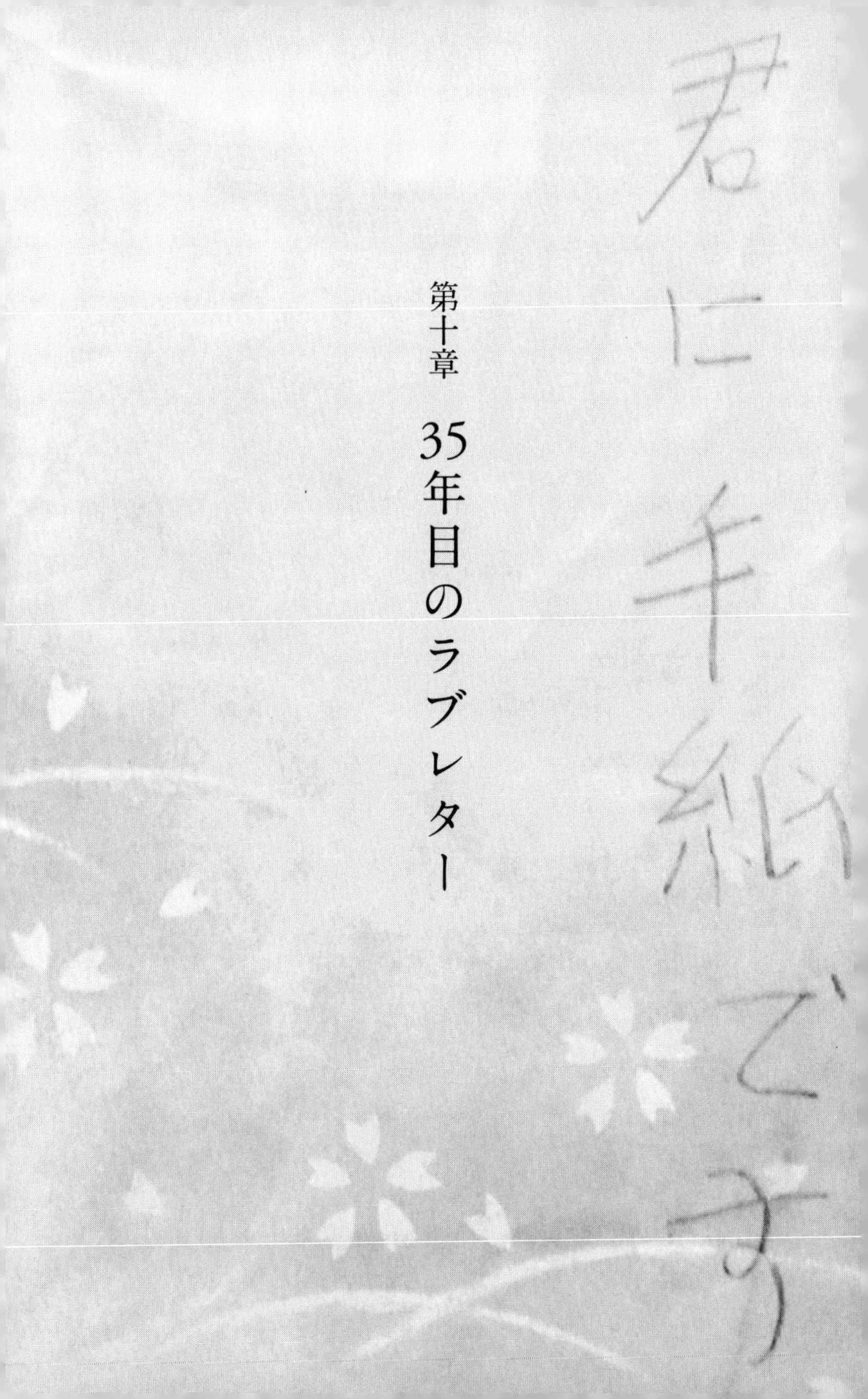

第十章　35年目のラブレター

二十一世紀になると、世界では識字（字の読み書き）について関心が高まった。先進国では多くの人が読み書きできていたが、貧しい国ではまだまだ、読めない人も多かった。

途上国の人々も字を読めるよう教育の機会を作ろう。世界ではそうした考えが強くなる。字が読めなければ、健康で安全な生活が送れない。

国連総会は二〇〇三（平成十五）年から二〇一二（平成二十四）年までを「国連識字の10年」と決めた。日本でも夜間学級の活動が少しずつ、認められてきたように思う。

二〇〇二年ごろになると、ぼくはひらがなとカタカナをマスターし、漢字についてもかなり理解できるようになった。

新聞を読むのが楽しくなり、毎日のように奈良公園を散歩しながら県庁に立ち寄った。新聞各紙がロビーに置いてあり、誰でも読めたためだ。

すでに仕事をリタイアしている。学校は夕方からだ。読む時間は十分にある。活字から逃げてきた六十数年の時間を取り戻そうとするかのように新聞を読んだ。

十一月の終わりだった。いつものように県庁で新聞に目を通していると、経済面に小さな記事を見つけた。

〈住友信託銀行は3回目の「60歳のラブレター」の募集を始めた。50～60歳代に限定していた対象を今回から50歳代以上に拡大する。募集は来年1月末まで。官製はがきにメッセージを書いて送る。入賞者には総額1000万円の旅行券が贈られる。〉

「60歳のラブレター」は住友信託銀行（現・三井住友信託銀行）が二〇〇〇年に始めた応募企画だった。夫婦が互いへの感謝や謝罪、恋する気持ちや懐かしさをつづる。

ぼくは記事を何度も読み直した。この企画は、自分が夜間中学に入った年にスタートしている。因縁めいたものも感じ、応募を決めた。内容は決まっていた。

交際している時、ぼくたちは手紙のやりとりをしなかった。妻は読み書きに不自由をしなかったが、一度も手紙を書いてこなかった。ぼく自身は、手紙をもらったら読まなければならないので、やっかいだなと思っていた。

結婚して以来、いつも妻に感謝してきた。心から笑顔になれたのは、妻に読み書きできないと打ち明けてからだ。それなのに、ありがとうの気持ちを伝えていない。口にするのは照れくさくても、手紙なら伝えられそうだ。だからラブレターが書きたかった。

妻にも説明していなかったが、そもそも夜間中学に入ったのはそのためなのだ。ぼくのような世代の男性は、「妻にラブレターを書くため学校に入った」と口にするのは、はばかられる。でも、この「60歳のラブレター」なら書けそうだ。

　夜間中学に入ってからは、字を書く時はいつも妻に相談してきたが、今回はそれもできない。ぼくはいつもより二時間ほど早めに登校して、自分で文章を考えた。

「書き出しでは、読み書きできないのを打ち明けずに結婚したことを謝らなあかんやろな」

　買ったばかりの電子辞書を何度も引き、書いては直した。

「回覧板に名前が書けずに、皎ちゃんが驚いた様子も書きたいな」

　ごく個人的な内容になる。そのため先生にも秘密にしておきたかった。絶対に一人で書き上げたい。一週間ほどして文面ができあがると、それをはがきに写し、郵送した。


　半年以上がたち、応募したことすら忘れていたころだった。学校から帰ると、妻が言った。

「お父ちゃん、手紙が届いていたよ」

　見ると住友信託銀行からの封書だ。そういえば応募していたな。まったく期待しないまま、はさみで封を切った。

「金賞」という文字が目に飛び込んでくる。ありがたいことに、「金」も「賞」もぼくに読める漢字だった。じっくりと文面に目を通す。ぼくが金賞に選ばれたようだ。

「おい、これ読んでくれるか。金賞や、金賞になったらしい」

「何の話よ」

「『60歳のラブレター』という募集があって、それにはがきを送っておいたんや」

「誰が書いたの？」

「ぼくが書いたんや」

「一人で書けたの？」

「そうや。先生にも相談してへん」

「ラブレターって、誰に書いたの？」

「皎ちゃんや。皎ちゃんへのラブレターや。まあ、これ読んでくれたらわかる」

　妻が、住友信託銀行からの文面を読んだ。

「お父ちゃん、ほんまやんか。金賞やわ」

「うれしいわ。自分の文章が人に読んでもらえたんや」

「どんな内容なん？」

「はがきを送ってしまったから、手元にあれへん。冊子に入賞者の文章が載ると思うので、それを読んでくれるか」

「旅行券がもらえるって書いてあるわ」

「一緒に旅行しよう」

「お父ちゃんの書いた文章で旅行できるなんて、夢みたいやな」
銀行から入選作を集めた冊子が届いた。妻はそれを読んだ。

僕は妻と結婚する時小学校を二年間しか行っていないので字が書けないのをだまっていました。ある時、妻の前で名前を書くことがありました。妻は僕の字を見てビックリしていました。優しい妻はだまっていました。それからは字を書く所は何時も妻と一緒に行きました。僕は今夜間中学校で勉強をしています。二年生です。卒業をしたら苦労をかけた妻にラブレターを書こうと思っています。妻は読んでくれると思います。これからもずっと妻と一緒に長生きをしたいです。

西畑保　奈良県奈良市（67歳）

ラブレターではない。それを書くという決意文だ。「妻」を「君」にしないと恋文にはならない。読み終えた妻は満面に笑みを浮かべた。

「ちゃんと書けてるね。お父ちゃん、ここまではっきり宣言したんやから、ほんまに書いてくれんとあかんで」

「もっと勉強して、字を覚えたら書くわな。もうちょっと待っといてな」

「楽しみが一つできたわ」

妻はぼくが本当にラブレターを書くとは思っていない様子だった。

信託銀行から連絡があり、三十万円の旅行券を持ってきてくれるという。それを伝えると、妻は嫌がった。

「来てもらうのは恥ずかしいわ。掃除もせなあかんし。こちらから取りに行こうな」

妻と二人で近鉄大和西大寺駅前の信託銀行支店に行く。支店長は「このたびはおめでとうございます」と言って旅行券を手渡してくれた。

妻の姉を誘って三人で沖縄と北海道に行った。妻は言った。

「姉さんを誘ってくれてありがとう。世話になったお礼ができた気がするわ」

二〇〇四（平成十六）年四月に長女が結婚し、ぼくたちは夫婦二人暮らしになった。ぼくにとって一番の楽しみは学校で字を学ぶことだった。

少しずつ書ける漢字が増えていく。パソコンの使い方も教えてもらった。

二〇〇七（平成十九）年になると、辞書と格闘しながら、自分の気持ちや考えを素直に表現できるようになっていく。

九月に新学期がスタートすると、今年の作文について考え始めた。

入学して最初の年は妻に協力してもらって「なくした一〇〇円」を書いた。小学校でいじめられ、不登校になった経験をつづった。

翌年は、奈良県御所市にある食堂への就職について書いた。三年目には、職場での苦労話を紹介した。「みなと」の兄ちゃんとの思い出もつづった。

悩んだ末、子どものころに古里で見た景色について書こうと決めた。

生まれたのは「あいす」という村だ。インターネットで調べてみると、「相須村」と書くようだ。「和歌山県東牟婁郡」の一部だった。今では新宮市になっている。

「この郡は何と読むんかな。えらい難しい漢字やな」

パソコンで調べる。そこでふと思い出したのは、新聞を配達した経験だった。

「よし、新聞配達について書こう」

内容が決まれば、スムーズに鉛筆が走る。作文にはこう記した。

> 新聞配達をしたことがありました。村の十一軒の内、新聞の配達は三軒だけでした。新聞は二キロ先の村まで歩いて取りに行きました。家庭に、その日の朝刊が配達されるのは夕方でした。僕の新聞配達を待っている、ある老夫婦がいました。いつも昨日に読んだ新聞の話をよくしてくれました。僕のアルバイト代は、お金ではなく、子供新聞の現物でした。

電子辞書を使いながらではあるが、書くのに苦労はほとんどなくなっている。自信がついてきた。頭に浮かぶ状況を文章にできる。この調子なら漢字を使ってラブレターも書けそうだ。住友信託銀行の「60歳のラブレター」で「書く」と宣言してからすでに五年がたっている。妻はすっかり忘れているようだ。そろそろ書かなければならない。いや、ぼくは書きたいのだ。

十月になった。安い便せんをたくさん買い、授業開始までの一時間、毎日練習した。ラブレターだけに妻はもちろん、先生にも見せられない。辞書を引きながら一人でつづる。

作文は自分の体験を書く。記憶を掘り起こして細部を表現する。それは自分だけの世界だ。ラブレターは違う。相手にも理解できるように書かねばならない。自分の世界を飛び越え、妻の心に届く文章にする。それを思うと、すらすらとは書けなくなる。

最も戸惑ったのは、カギカッコ（「　」）の使い方だった。これまでの作文ではほとんど使っていない。会話部分をカッコに入れると知ってはいる。ラブレターは自分が妻に訴える文章だ。つまり、全体が会話ではないのか。考え始めると、ここもあそこもカギカッコを付けねばならないように思えてくる。頭が混乱してきた。ラブレターを書くとはこんなに難しかったのか。

手紙の執筆に集中しすぎたためか、学校への準備中にめまいに襲われた。家の中がぐるぐると回り、立っていられない。妻が救急車を呼び、ぼくは奈良市内の病院に入院した。疲労がたまっていたようだ。病院で一晩休むと症状が収まり帰宅できた。ラブレターを書いて倒れたのは、世界でも珍しいだろう。

また、執筆に集中した。十一月になると、文章はかなりできあがった。もう少しで完成しそうだ。ひらがなを漢字に直さねばならない。

ぼくはその日も授業が始まる前に、電子辞書で漢字を引いていた。すると新聞記者が声をかけてきた。

「何をそんなに熱心に書いてはるんですか」

夜間中学の生徒たちの多くは、厳しくつらい人生を送ってきた。ジャーナリストにとっては感動的な話に出会える場所だ。そのため学校を訪ねてくる新聞記者は少なくなかった。

「手紙を書いているんよ」

「誰(だれ)に出すんですか」

「妻ですわ」

「奥(おく)さんに手紙ですか」

「そう、妻へのラブレターです」

五年前に住友信託銀行の「60歳(さい)のラブレター」で書くと宣言した経緯(けいい)を説明した。

「もう五年もたってるから、そろそろ書かんと、約束を破ったようになるからね」

「いつ渡(わた)すつもりなんですか」

「クリスマスまでには、と考えているんですけどね」

「いい話ですね。クリスマス・プレゼントにラブレターですか。書けたら読ませてください」

「ちゃんと書けるかな。完成したら連絡(れんらく)します」

ひらがなを漢字にする作業は思ったよりも難しかった。作文は先生が直してくれるが、今回はアドバイスしてもらえない。

学校に行かなくなった事情を説明した部分で、「学校をやめた」と書きたいのだが、「止めた」とすべきか、それとも「辞めた」とするのか。辞書には、「止める」は「終わりにする」と書いてある。これのような気がしてくる。一方、「辞める」は「辞任する」と書いてある。「辞任」を調べる。「任務を断ること」とある。「任務」「断る」を調べると、「辞めた」でもいいように思えてきた。もう一度辞書を読んでみる。例文に「会社を辞める」と書いてあった。こっちにしようと思った。

読み書きで苦労した経験について、「出前の電話をきくときでした」とつづった。「きく」と辞書で調べる。「効く」「利く」「聴く」「聞く」が出てきた。「効く」と「利く」ではないのはわかった。問題は「聞く」とするか「聴く」とするか。これはいろいろと調べても結局、よくわからず、「聞く」と書いた。日本語は難しい。最後は、「間違っていても読めるだろう」と開き直るしかなかった。

十二月の中ごろに書き上げた。誰にも読んでもらっていないため、どこかが間違っているのではないかと不安になる。

何度も何度も読み返す。やはりカギカッコの使い方が正しくないように思える。でも仕方ない。これは辞書を使ってもわからない。最後に清書し、ラブレターが完成した。結婚から三十六年五ヵ月。ぼくが七十一歳にして書いた初めてのラブレターだ。

十二月十五日は土曜日で学校は休みだった。ぼくは夕方、手紙を目に付きやすいよう机の上に置き、外出した。目の前で読まれるのが照れくさく、つい足が外に向く。家を出たものの行くあてはない。近くのパチンコ店に入った。何度も読み返したためか、パチンコ台に向き合いながらも、書き上げたラブレターの文面が頭に浮かんでくる。


「僕は君に、以前ラブレターを書く約束をしましたね」。

なかなか、「書く勇気がありませんでした」。

今年で、「君と結婚して三五年目になりましたね」。

クル（↓リ）スマスに「君に感謝の気（も）ち（を）こめて、ラブレターを書きます」。

君が、僕について来てくれたことを、「感謝をしています」。

田舎に居る時は、学校でいじめと家庭の事情で小学校を二年生で辞めました。

十五歳の時に、奈良県御所の食堂に働（き）に行きました。食堂には何人かが働いていました。

一番古い先輩は僕が読み書きを出来ないのを、分かっていて、買い物に行く時は字引で探してわざと難しい字を書いて渡します。例えばえびを漢字で蝦と書きます。僕には分かりませんでした。

いつも恥ずかしいけどお店のひとに聞いていました。

その、先輩は僕や若い人を苛めていました。僕を呼ぶ時はいつも「チビ」と言いました。

夜布団の中で、学校に行かなかったこ（と）で後悔をして泣いたことがありました。

一番辛いのは、出前の電話を聞く時でした、相手の名前と品物を聞いて、書くことでした　僕に（は）出来ませんでした。

優しい人は、僕が電話を聞くとメモをしてくれました。中には、僕が電話を聞く時にはなれる人もいました。

読み書きが出来ないことは、人間として認めてくれないことが分かりました。

苛めで、店を辞めました。大阪やいろんな店で働きました。そこでも読み書き（で）苦労をしました。

僕も年頃になっても、読み書きが出来ないので、結婚は無理と思っていました。

ある人の、お世話で見合いをしました。一目見た時にこの人と思いました。君との結婚の話はうまくいきましたが。

僕は悩みました、読み書きが出来（な）いのが、君に分かれば終わりと思っていま（し）た。

僕は君と（↓に）黙って結婚をしました、僕はいつかは君に分かると思っていました。

結婚して、半年ぐらいして、「君は僕が読み書きを出来な（い）ことが分かりましたね」。

「君は僕の字を見て驚いていましたね」。

それからは、「時間があれば君は僕に読み書きを教えてくれましたね」。その時君は、「お互いに頑張（ろ）う」と言ってくれましたね。その言葉は「今でも忘れません」。

「君が教えてくれた、お陰で名前と住所が書けたので仕事には役に立ちました」。

「銀行や市役所に、行く時は君が一緒に行ってくれましたね」。

可愛い女の子二人にも恵まれて、子供もそれぞれ結婚して家をでました。

僕は六五歳で定年になった時に、君にお礼の手紙を書こうと思って、夜間中学に入学して読み書きの勉強を始めました。

「君のお陰で今の僕があります」。

「君は僕を一人（の）人間（と）して立ててくれて、うれしかったよ」。

「有り難う　これからもよろしくね」。

僕より

※書かれている出来事と当時の年齢が合っていない箇所がありますが、西畑さんの文章をそのまま引用しました。

「僕は君に、以前ラブレターを書く約束をし
ましたね」。
なかなか、「書く勇気がありませんでした」。
今年で、君と結婚して三五年目になりました。
クリスマスに「君に感謝の気ちこめて、ラブレ
ターを書きます」。
君が、僕について来てくれたことを、感謝を
しています。
田舎に居る時は、学校でいじめと家庭の事
情で小学校を二年生で辞めました。

その、先輩は僕や若い人を
呼ぶ時はいつも「チビ」と

読み書きが出来ないこと
てくれないことが分かりました。

僕は悩みました、読み書きが出来ないのか
に分かれば終わりと思っていました。

を教えてくれ
張ろう」と言ってくれましたね。その言葉は
も忘れません。

み書きの勉強を始めまし
「君のお陰で今の僕があります。

君に

パチンコで数千円をすってしまった。一時間ほどして家に帰る。

「ただいま」

ラブレターに気づいてくれただろうか。

玄関のドアを後ろ手で閉めると、妻は静かに「お帰り」と返してきた。居間に入ると、こたつの上にあった手紙がたんすの上に移っている。読んでくれたのかもしれない。妻の方を見ると、いつも以上に穏やかな顔に思える。泣いていたのだろうか。目がぬれているようだ。

互いに言葉はかけない。話すのが照れくさい。しばらくしてぼくが口を開いた。

「読んでくれた？」

「うん、ありがとう」

妻は普段よりもしんみりと答えたように思う。

外から近所の子どもたちの話し声が聞こえる。

妻がいれてくれたお茶をすする。温かさが胸を下っていく。

「お茶がおいしいわ」

妻がうなずく。

しばらくして妻が言った。

「字を間違えているところが所々、あったよ。でも、うれしかった。ありがとう」

「やっと書けたわ」

妻の目から涙がこぼれそうだ。

「よう書けてるけど、カッコが多すぎるんと違うの？　何であんなにカッコばかり付けたの？」

「ようわからんかったから、何となく大切そうなところをカッコにしてみた」

「適当やな。お父ちゃんらしいわ。それと『読み書きを教えてくれた』って書いてあるけど、私が何度か教えようとしたけど、お父ちゃんは全然、覚えへんかったやんか」

「そうやったな。あの時はなんやしらんけど、字を覚える気持ちがわいてこなかったんや」

ぼくが手をこたつの上に置いていると、妻が自分の手を重ねてくれた。

「皎ちゃん、ほんまに今まで、ありがとう。生涯で初めて書いたラブレターや」

「でも、あの内容はラブレターちゃうで。普通の手紙やんか」

「そうかな。次はもうちょっとラブレターらしく書くわ」

この手紙は、本当はクリスマスイブに渡す予定だった。手紙の中にも「クリスマスに」とある。予定より十日も早く妻に読んでもらったのは、新聞記者が取材に来ることになったためだ。

ぼくと妻は十九日に取材を受け、二十二日の夕刊で紹介された。クリスマスイブにはきれいな封筒に入れ、「皎子さんへ」と宛名を書いて正式に妻に手渡した。

妻へのラブレターが新聞で紹介されると他のメディアも取材に来た。地元テレビはニュース番組でも取り上げたいという。妻はインタビューを申し込まれ戸惑った。

「お父ちゃん、あんまり気が進まんわ」

妻は控えめな性格だ。でも、ぼくはメディアに取り上げてもらいたかった。

「頼むわ。インタビューに応じてくれ」

「お父ちゃんだけが出たらええやんか」

「ラブレターをもらった妻の気持ちも聞きたいらしいんや。この通り、頼むわ」

「お父ちゃんはええかっこしいや。ラブレターを書いたくらいで、取り上げられて喜ぶのは恥ずかしいように思う」

注目の高まりにぼく自身、困惑していた。「ラブレターを書いただけ」という気持ちもあった。普通の人がどれだけ手紙を書いても、メディアが取り上げるはずがない。字を覚えたばかりの夜間中学生が書いたから、関心が集まったのだ。

ただ、ぼくは自分の体験を通して夜間中学の実態を知ってもらえるなら、うれしいと思っていた。読み書きできない者にとって、社会がどれほど厳しいか。字を学ぶ喜びはいかに大きいか。少しでも多くの人に知ってもらいたかった。

妻はぼくの気持ちを理解し、インタビューに応じてくれた。

夜間中学では詩も勉強した。先生がプリントで簡単な詩を紹介してくれる。

「自分の気持ちを素直に、短く書いてみてください」

ぼくはこのころ、クラスメートの安田牧子さん、岡西小夜美さんの二人と仲良くしていた。三人は世代が近かった。

安田さんはお酒が好きで、学校からの帰り、コンビニエンスストアで値下げされた惣菜を買い、家で晩酌するのを楽しみにしている。

戦争の混乱で学ぶ機会を奪われた。学校ではいつも、明るくふるまっていた安田さんの詩を通して、字が読めないためにいかに大きな劣等感を抱き続けてきたかを知る。

世の乱れのどさくさに
我を失い　学び失い
劣等感におしつぶされて
暗く　逃げるように生きて来た（後略）

岡西さんはぼくとほぼ同じ時期に入学した。コーヒーが好きで、よく喫茶店で話をした。彼女はいつも「卒業する時も一緒やで」と言っていた。詩を読んで初めて、岡西さんの心の底をのぞいた。

奈良に行きたくて
切符売り場でじっと立つ
運賃表を見上げて
しばらく　そこで
ほんのしばらく
どうやって見るのか
何が書いてあるのか
いくら見ていてもわからない
ふと振り向くと　人の列
恥ずかしいのと悔しさで
逃げるように帰ったあのとき（後略）

妻に「次はもうちょっとラブレターらしく書くわ」と約束してから二年が過ぎた。
二〇一〇（平成二十二）年が明けるとすぐに書こうと思った。今回はクリスマスではなく、誕生日に渡したかった。それは三月三日だ。でも、書けなかった。ついパチンコに足が向き、「クリスマスに渡せばいいか」と思ってしまう。

十一月に入ってようやく執筆にかかる。この三年ほどでパソコンに慣れた。辞書で調べなくても、漢字が表示される。

入力の仕方にはローマ字とかな文字がある。ぼくは迷わず、ローマ字入力を選んだ。妻は結婚前にタイプライターの先生をしていたため、ワープロもパソコンもローマ字入力していた。わからないところは妻に聞ける。だからぼくもローマ字入力にした。

書店でパソコンを打つための本を買ってくる。そうした説明書も何とか読める。一文字ずつローマ字を覚えた。「ni shi ha ta」と打って変換キーを押すと「西畑」と出た。キーを打ち込むのが楽しくなる。

ラブレターもパソコンで書こうと思ったが、まだ十分に慣れていない。時間もかかりそうで、あきらめた。

十二月に入ってノートに鉛筆書きで完成させ、それをボールペンで便せんに清書する。クリスマスイブの二十四日、封筒に入れてこたつの上に置いたまま、パチンコに出掛けた。この時も、目の前で読まれるのが恥ずかしかった。

今日は、君に手紙を書くのは結婚をして今回二回目ですね。

君には、苦労をかけたけど、考えたら僕らは本当に良い時代に結婚して生かされて来たと思う。貧しかったけど仕事があって、字が書けなくても読めなくても。僕は周りの人達にずい分助けられました。今思うと感謝してもしきれない気がします。

僕が給料を渡すと君はいつも笑顔でご苦労うさんと、言って受け取っ（て）くれましたね。僕が定年になるまで変わりませんでした。

僕は定年になったら、夜間中学に行って勉強をしようと思いました。君や子供達に相談したら、君も子供達も喜んでくれました。

夜間中学で勉強して少し読み書きが出来るようになって。僕は結婚して三五年目に君に初めてラブレターを書きました。それが、新聞に取り上げられて、「取材なんか恥ずかしいから〝いや〟」それで君とけんかになりましたね。

二回目は、君の誕生日に書こうと思いましたが。いざ…書けませんでした。

二人の子供も結婚をして、それぞ（れ）家を出ました。今は君と二人時々ケンカもするけど健康には気をつけましょう。

僕は、もし君との出会（い）がなければ、今の楽しい生活がなかったと思います。そうして、五人の可愛い孫にも恵まれました。

僕が夜間中学に行くときにはいつも笑顔で送り出してくれます。

僕は夜間中学に入学して新聞も少し読めるようになりました。ある日新聞を見ていると、住友信託銀行の六十歳のラブレターの応募がありました。僕は初めてハガキを書きました。それが見事に入選しました。

旅行券を頂きました。それで君と北海道と沖縄にも行きましたね。

これからも、機会があれば色んな事に挑戦してみたいですね。

お互いに若くありませんので、一日一日を大切にしたいです。

特に病気には、気をつけて楽しい生活を送りたいですね。

これからもよろしくお願いします。

平成十年四月七日　保より

※書かれている出来事と当時の年齢が合っていない箇所がありますが、西畑さんの文章をそのまま引用しました。

パチンコで負けて帰ると、妻がこたつに座っていた。ラブレターは横に置いてある。読んでくれたのがわかった。ぼくは何も言わずにこたつに入る。妻が言った。

「ありがとう。うれしかったよ」

「前より、ちょっとうまく書けたかな」

妻の目がうるんでいる。

「そうやね。変なカッコがなくなっていたね。随分難しい漢字も書けるんやね」

「辞書があるから、どんな字でも書けるわ」

「夜間中学に行ってなかったら、辞書の使い方もわからんからね」

「これからは辞書を使わんでも漢字が書けるように頑張るわ」

「辞書を引くのは悪いことやないで。誰でも辞書を引きながら文章を書くんやから」

「そうか。辞書を引きながらでもええんか」

「お父ちゃんとこんな会話ができるようになったんやね。よう頑張ったな」

回覧板への署名をきっかけに読み書きできないとばれて以来、二人で文章について話すことはなかった。妻はそんな話もしたかったのかもしれない。でも、ぼくが読めないのだから、話題にもしにくかっただろう。

妻は新聞が好きで、気になった記事を切り抜きしていた。その記事をぼくには見せなかった。

「こんな面白い記事が載っていたよ」と話し、二人で笑い合いたかったのではないか。妻はそうした気持ちをずっと押し殺してきた。夫婦で文字については話題にしない。誓い合ったわけではないが、いつのまにかそうしたルールができていたように思う。

でもぼくは今、読み書きができる。長い作文やラブレターも書ける。「お父ちゃんとこんな会話ができるようになった」と聞き、ぼくは誇らしい気持ちになった。少し鼻を高くしたぼくを見て、妻が言った。

「ところで、最後の日付、おかしいんと違う？　なんでこの日付になってんの？」

確認すると、手紙の日付は「平成十年四月七日」になっている。夜間中学に入る前で、自分の名前すら書けなかった時期だ。明らかな間違いだ。「二〇一〇年」とするところを「平成十年」にしてしまったのかもしれない。それにしても「四月七日」としているのはなぜだろう。今は十二月だ。考えていると頭が混乱してきた。

「おかしいな。何でこんなん書いたんやろ」

「自分で書いたんと違うの？」

「間違いなくぼくが書いた。誰にも教えてもらってへん。だけど何でこんなん書いたんかな。何遍も読み返したのにな。わからん。人間って不思議やわ」

「人間が不思議なんちゃうやろ。不思議なのはお父ちゃんや」

「何の日付なんかな」

首をひねるぼくを見て、妻はほほ笑んだ。

「お父ちゃんらしくてええわ」

二〇一一（平成二十三）年三月に東日本で大きな地震と津波が発生した。多くの人が犠牲になり、福島県の原子力発電所で事故が発生した。

その夏、妻が突然、こう言った。

「お母さんの思い出を聞かせてくれへん？」

「早くに亡くなったんで、ほとんど覚えてないわ」

食べ物がない時、ぼくたち子どもに粥を食べさせ、自分は何も口にしなかった。手や足にひどいあかぎれができていた。そして、在日コリアンのおばさんを見て、なぜか母を思い出した。そうした事柄を語った。うなずいていた妻が言った。

「あなたの田舎を見てみたいわ」

「ぼくも久しぶりに行ってみたい」

学校の夏休みを利用し、妻と二人でぼくの古里・相須村と母さんの実家のあった三重県紀和町（現在の熊野市）を訪ねた。

車を運転し、母の実家周辺をぐるぐると回る。ぼくが養子になるはずだったあの大きな家はすでに取り壊されていた。幼いころの記憶を必死にたどる。この辺だったかなと思った場所に、大きな柿の木が残っていた。枯れてはいても、あの木に違いない。

「これや、この木や」

「あなたのこと、わかってるかな」

「どうかな。覚えてくれているかな」

太い幹を触りながら心の中で声をかける。

「おい、久しぶりやな。覚えてくれているか。大声で泣いていたぼくや」

妻が言った。

「お母さんは、どうしてこの集落から和歌山の炭焼きにお嫁に行ったの？」

「ぼくを身ごもっていたかららしい」

「あのころ女の人が一人で子どもを育てるのは難しかったやろね」

確かに戦前の日本では、女性が一人で子を育てるのは難しかった。社会の目は冷たく、厳しい。たとえ離婚の原因が夫の側にあったとしても、世間は実家に戻った女性を「がまんの足りない女性」「ふしだらな女」と批判する。

家族や親類は母に再婚を迫り、あちこちに縁談を持ちかけた。しかし、よその男性の子を身ごもっている女性と、進んで結婚する者はいない。

母の実家の人たちは「どんな男性でもいい。もらってくれる人があれば」と声をかけ、父に行き着いた。父は妻を亡くしたばかりで、炭焼きを手伝ってくれる者を探していたらしい。

ぼくと妻は木の下で弁当を広げた。夏の太陽が照りつける。柿の木が優しい陰を作り、ぼくたちを守ってくれる。

「ここでおやじがぼくを置いて帰ろうとしたんや」

「この家の子になると知っていたの？」

「その時は知らなんだ。大声で泣いたのは覚えてる」

「やっぱり自分の家に帰りたかったの？」

「あの時の気持ちはわからへん。おやじを自分の本当の父やと信じていたからな。もしも、本当の父は別にいると知っていたら、この家の子になっていたかもしれんな」

「この家にいたら学校にも行けたやろね」

「読み書きでの苦労はなかったはずや」

「お父さんから、本当の親ではないと聞かされなかったの？」

「結局、一度もその話はせんかった」

「あなたの方からもしなかったの？」

「せんかったな。言い出しにくかったわ」

「弟さんや妹さんたちは知ってたの」

「知っていたはずや。口には出さへんかったけど、きっと知っていたわ」

「お父さんはよく連れて帰ってくれたね」

「最後は自分で面倒(めんどう)みようと思ったんかな」

「ええお父さんやないの」

「ほんまや。感謝せなあかんな」

横を見ると、なぜか妻が泣いていた。


夜間中学では、算数も習う。ぼくを含(ふく)め、「九九」さえ知らない生徒も多い。先生がプリントを配る。「34×28」「54×78」といった二桁(ふたけた)のかけ算の問題が並んでいる。生徒はみんな、「九九」を書いた下敷(したじ)きを持っている。それを見ながら問題を解いていく。

解き方がわからない生徒は言う。

「最近は九九なんて知らんでも問題ない。携帯(けいたい)電話の計算機を使えばすぐに答えが出るわ」

「ほんまや。ええ時代になったな」

「昔は買い物の計算が遅(おそ)くて苦労したわ」

時に苦労話に花が咲(さ)く。

　ぼくは十二月に入ってすぐ、ラブレターを書き始めた。三通目にして初めて、パソコンで文章を作る。すぐに漢字に変換できる。書くのはかなり速くなり、三週間ほどで書き上げた。印字しては気持ちが伝わりにくい。パソコンで書いた文章を手書きで便せんに清書した。
　クリスマスイブにこれまでと同じようにこたつの上に置いてパチンコに行くつもりだった。封筒を置こうとして妻に見つかったため、直接手渡した。

「これ、書いたわ」

「また、もらえるの？　うれしいわ」

「字が間違っているかもしれへんけどな」

「読んでええ？」

　ぼくがうなずくと、妻は開封し、手紙を広げると文章にそって目を上下させる。妻がラブレターを読んでいる姿を見るのは初めてだ。テストの採点を待つ生徒のような気持ちになる。間違いを指摘されるのではないかと思い、どきどきしてくる。
　妻は静かに読んでいる。何も言わない。間違っているところはないようだ。

君と結婚して手紙を書くのは今回は三回目ですね。毎日顔を見ていると手紙を書くの（が）なんだかてれくさいです。

君と出会って結婚して今年で三十九年目なりますね。早いですね。

君と初めて出会（っ）たのは昨日のような気がします。

今まで三十九年間色々ありました。結婚して半年くらいして、僕が自分の名前が書けないのが分（か）った時君は驚いていましたね。それから二日～三日間僕は君の顔を見られませんでした。でも君から声をかけて（く）れました、その時の言葉は今も忘れていません。

今は二人の子供も結婚して孫が今は五人（に）なりましたね。孫に「じじ」と言われた時に出会って本当に良かったと思いました。

読み書きが出来な（か）った僕について来てくれたのを今でも感謝しています。

今まで読み書きが出来なかったことを忘れられないことがあります。子供に、お父さんの字を書くところを見たことないと言われた時と。子供が出来た時に市役所に出産届をする時に自分で書けないので係の人に頼みました。その時は子供の名前は自分の手で書きたいと思いました。

字を書く所はいつも君と一緒でした、いつも書いてくれました。

僕が定年になって夜間中学に入学して半年くらいして、初めて自分の名前と住所が書けた時に見せると、君は自分のことのように笑顔で喜んでくれましたね。

これからも二人で一日でも長生きしたいですね。

今度生まれ変わったら又君と出会いたいです。

※書かれている出来事と当時の年齢が合っていない箇所がありますが、西畑さんの文章をそのまま引用しました。

二通目のラブレターと同じ間違いを避け、今回は日付を書かなかった。

妻は読み終えた手紙を封筒にしまった。よく見ると、目から涙があふれそうになっている。

「三通もラブレターをもらえて、私は幸せやわ。本当にありがとう」

ぼくはこれからもずっと、二人で生きていけると信じていた。

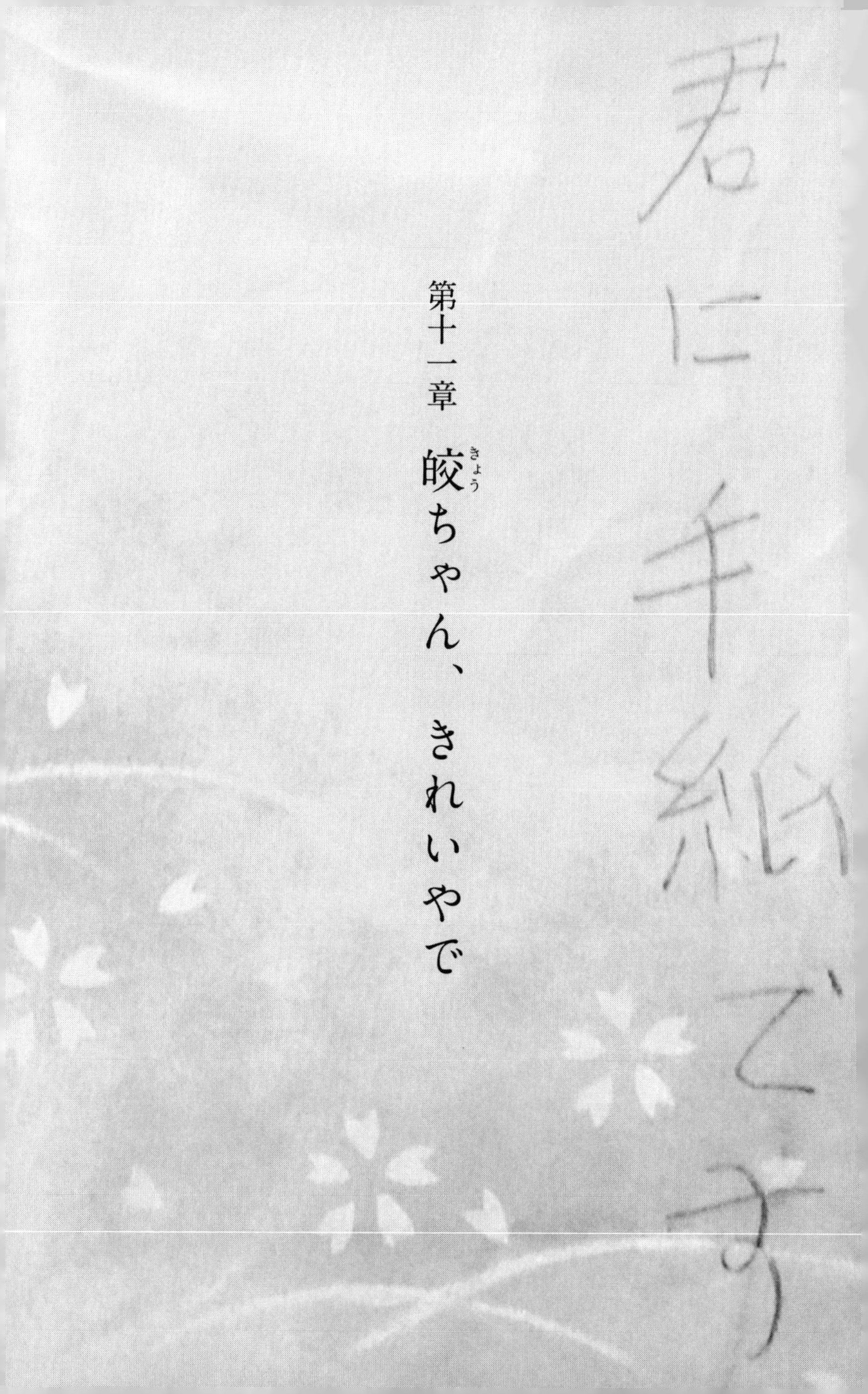

第十一章　皎ちゃん、きれいやで

春日中学校夜間学級では、朝日新聞の歌壇を題材に授業をしていた。

この歌壇には時折、米国カリフォルニア州で収監されている郷隼人さんの歌が載っていた。

先生によると、郷さんは一九七四（昭和四十九）年に二十四歳で米国に渡り、殺人罪で終身刑の判決を受けた歌人だった。朝日歌壇に初入選したのが服役中の一九九六（平成八）年で、以来三百三十首を超す短歌が掲載されているという。

先生は郷さんの歌をいくつか紹介してくれた。母を詠んだ歌が多かった。


　母さんに「直ぐ帰るから待ってて」と告げて渡米し三十六年経ちぬ

老い母が独力で書きし封筒の歪んだ英字に感極まりぬ

「母さんへ」と最後の手紙読むこともなく　母は天国に召されてゆきぬ

東日本大震災のあった二〇一一（平成二十三）年春ごろから、郷さんの歌が掲載されなくなった。体調でも崩したのかと心配になり、クラスのみんなで手紙を書き、それを先生が送ってくれた。

ぼくはこう書いた。

> 隼人さんはまだお母さんの顔を知っているだけ幸せです。僕は幼いころに母が亡くなったので母の顔を知りません。そして郷さんは生まれ変わったら何をしたいですか。

数ヵ月すると、郷さんから返信が届いた。

> 元気です。「生まれ変わったら」とは難しい質問です。

ぼくの作文を郷さんに送ると、二〇一二（平成二十四）年の暮れ、自宅に季節のカードが届いた。

> メリークリスマス　謹賀新年　来年もどうぞ宜しくお願い申し上げます。韓国人の豚を飼育

していく人々との交流　とてもよく書かれていらっしゃいます　お上手です。

素晴らしい歌を数多く詠んでいる郷さんにほめられ、作文に自信が付いてきた。そして、文字とは不思議なものだと思った。遠く離れた外国で服役している人とも、こうやって気持ちが交換できるのだから。

習字の時間には絵手紙を描いた。絵手紙作家の小池邦夫さんが二〇一二年九月、中学を訪ねてきてくれた。

小池さんは小学三年生の時、近所にある神社の鳥居に彫られた書に感動し、書家を志したらしい。歴史に残る名作の多くは手紙であることを知り、絵手紙を描くようになった。

「ヘタでいい、ヘタがいい」をモットーに、野の草花を対象に一日一枚絵手紙を描いていた。絵手紙で東日本大震災の被災者も励ました。

次田哲治先生がぼくを小池さんに紹介してくれた。

「西畑さんは奥さんに書いたラブレターが評判になっているんです」

ぼくは小池さんにラブレターを見せた。

すると数日後、自宅に封書が届いた。開いてみると、大きな和紙に大人三人の姿が墨で描いてある。ぼくと小池さん、そして次田先生が会った時の様子だ。ところどころかすれた文字でこう記されてあった。

> 九月八日に会えた
> 西畑さんのお話聞けた
> 初めて会って　心が引き寄せられた　三時間も教室で聴く　邦夫

ぼくはすぐに手紙を返した。

〈心温まる絵手紙有り難うございました。先生から絵手紙をいただき本当に夢のようです。絵手紙は僕の宝物として大切にします。〉

小池さんからの返信は大きな和紙の中央に、墨で土器のような、得体の知れないものが描かれてあった。ぼくの手紙への感想が書かれている。

> 字も文も石を彫るノミのように力をこめて深彫りしている　平易な言葉の嬉しいことよ
> 保さんの心が出ていた　心満ちる

次々と小池さんから封書が届く。

西畑さんの手紙は達筆ではない。心打つ手紙。じっとしていられぬほど元気になる

夜間中学で字を学んで十二年になった。読み書きを通し交流の輪が広がっていく。ぼくが楽しそうに小池さんからの絵手紙を読んでいると、笑顔の妻が言った。

「やっぱり先生の手紙は文章も絵もうまいな。お父ちゃんのとは、ちょっと違うな」

「ほんまやな。先生のは短い文章にも味があるな」

二〇一三（平成二十五）年の秋、学校に行くと先生から声をかけられた。

「西畑さんも夜中（夜間中学）に来てもう長くなりましたね。三月の卒業式で、在校生を代表して送辞を読んでもらえませんか」

「ぼくでええんやったら、喜んで読ませてもらいます」

さっそく文面を考えた。早めに学校に行き、授業の前に文章を書く。中学で一緒に学んだ思い出をいくつか紹介しようと思った。

ぜひ触れたかったのは、夜間中学をここまで作り上げてくれた人々への感謝と、卒業してもそ

れを忘れないでほしいという思いだった。

ぼくたちがエレベーターの付いた校舎で学び、修学旅行に行けるのは、卒業した先輩や教員、地元の議員による、学ぶ環境を良くしようという運動があったからだ。

全国には公立の夜間中学が一つもない県も少なくない。奈良の夜間中学生は恵まれた環境で勉強ができた。

年が明けると、文章はかなり固まってきた。妻に読んでもらった。

「お父ちゃん、うまく書けてるやん。でも、この漢字は間違っているよ」

「えっ、どの字やろ。電子辞書で調べたはずやけどな」

〈夜間中学校に来ることができて本当に辛せです。〉

「これなら『本当につらい』になってしまうわ」

確かに、「幸せ」と書くところが、「辛せ」になっていた。

「お父ちゃん、横棒を一つ引くだけで『幸せ』にできるんやで。辛い人生もちょっとしたことで幸福になるんやわ」

「日本語っていうのは難しいな。辛いと幸せの間には、線一つの違いしかないんかいな。この年になっても教わることが多いな」

パソコンで原稿を書き上げると、先生が間違っている点をいくつか指摘してくれた。そうしたやりとりを何度か繰り返して完成させた送辞を、筆ペンで高級紙に書き写した。卒業していく先輩たちに敬意を示すには手書きがふさわしいとぼくは思った。

　式は三月十五日だった。やや肌寒いながら、よく晴れた土曜日だ。

　当日、こう読んだ。


　今日、学校に来る途中で桜のつぼみを見ました。今年は立春が過ぎても例年になく寒い日が続きましたが、奈良にも先月は大雪が降りました。その寒さも過ぎてやっと暖かい春がおとずれた気がしました。

　本日はご卒業される六人の皆さん、おめでとうございます。私たち在校生一同、心からお祝い申し上げます。

　早いものですね。皆さんとよき仲間として共に学び、共に語り、お互いに励まし合いました。夜間中学校の学業を終えられ、今の気持ちはいかがでしょうか。きっと期待に胸を膨らませていることでしょう。

皆(みな)さんの今の喜びを同じように喜んでいる方は、あなたを支えてくれた家族の皆さん、そして先生方や良き仲間たちです。あなた自身も頑張(がんば)ったけれど家族の応援(おうえん)があったから、今ここにいます。そのことを忘れないでくださいね。

ぼくも春日夜間中学校に入学して十数年が過ぎました。文字を書くことができなかったぼくが、学校に来て初めて書いた手紙に返事が来て、駅で署名に初めて挑戦(ちょうせん)し、少しずつ自信がつきました。

夜間中学校で沢山(たくさん)の友だちもできました。夜間中学校に来ることができて本当に幸せです。

卒業生の皆さんと春日夜間中学校で共に過ごした思い出はたくさんあります。

寒い日にうどんを食べながら楽しく笑ったり励まし合ったりしたこと。でも、楽しいうどんの時間がこの四月からなくなります。

一泊(ぱく)研修旅行ではホテルで寝(ね)ずに遅(おそ)くまで話をしたり、バスで色んなところに行ったこと。そしてふれ合い文化祭ではグラウンドでチジミを焼いて売ったりしたこと。
皆さんと一緒に過ごした思い出は胸に深く刻み大切にしたいと思っています。

春日夜間中学校は皆さんの先輩や夜間中学を育てる会の方々が学校をよくするためいろいろな活動をして勝ち取ってきたから今の学校があるのです。

沖縄へ修学旅行に行けたのも先輩の運動があったからです。私たちはそれを忘れてはいけないと思います。

卒業されると環境も変わると思いますが、くれぐれも健康には注意してください。そして卒業してからもいつでも学校に遊びに来てくださいね。在校生は卒業生のみなさんとはいつまでも友だちです。これからも道で出会ったら、声をかけてください。

いつまでもお名残惜しいですが、皆さんお元気でさようなら。

二〇一四年三月十五日　在校生代表　西畑　保

二〇一四（平成二十六）年四月に消費税が五％から八％に引き上げられた。ぼくたち年金生活者にとって生活は厳しくなったが、妻はやりくりしていた。

十二月十四日には総選挙の投票があった。妻と二人で投票所に行き、用紙に名前を書き込んだ。以前は書いたふりをして白紙で投票していた。堂々と自分で名前が書けるのが、何だか誇らしい。

そのころ、妻に宛てて四通目のラブレターを書いていた。何度か書き直し、十二月十九日に学校で清書した。

「今年も元気で過ごせましたね。あなたに会えてぼくは幸せです。」と書き出し、これからも一緒に楽しく生きていきましょうと語りかける内容にした。

学校から帰ると、手紙を封筒に入れ、机の引き出しにしまった。五日後のクリスマスイブに手渡そうと決めた。

十二月二十一日は日曜日だった。ぼくは妻と二人で夕飯を食べた後、テレビを見ていた。ニュースでは、近く誕生する新内閣について繰り返し報じていた。

「奈良から誰か大臣は出るんやろか」

とぼくが問うと妻は、「私にはわからんわ」と答えた。

午後十時過ぎに風呂が沸く。

「お父ちゃん、先に入って」

「皎ちゃん、先に入ったら?」

「私は長くなるから」

妻はいつも長風呂だ。ぼくはさっと入って、さっと出た。

「少しぬるかったんで、火をつけておいたで」

「まだ入らないから消しといて」

「せっかくつけたのに」

「火ぃくらい、自分でつけるから」

それからしばらくして、妻は風呂に入った。

三十分ほどしてぼくは声をかける。

「入ってるか」

「入ってるわよ」

妻の風呂が長いため、いつしか習慣になったやりとりだった。

さらに三十分ほどたった。普段ならもう出てくるころだ。ぼくはトイレに立つ。風呂がやけに静かだ。

「おい、入ってるか」

返事がない。ぼくは慌てて風呂のドアを開けた。

妻が湯船から顔だけを出し、全身をぐったりとさせている。

「皎ちゃん！　皎子！」

叫びながら妻をゆする。

妻は目を覚まさず、呼吸もしていない。

ぼくは動転し、何をすべきかわからない。

とりあえず次女に電話した。

「お母ちゃんが風呂でぐったりして動かへんのや！」

「すぐに救急車を呼ばなあかんやんか！」

救急隊員が駆けつける。すでに妻の心臓は止まっており、病院には搬送されなかった。

医師が死亡を確認したのは日付が変わった二十二日だ。心不全だった。警察はぼくから話を聞き、遺体の状況からも事件性なしと結論づけた。

妻は数ヵ月前に、こんなことを言っていた。

「どちらかが先に亡くなったらどうするか、将来について決めておいたらどうやろ？」

ぼくたち二人は健康で何の心配もしていなかった。どうして突然、そんな話を切り出すのか不思議だった。後でぼくは思った。

「虫の知らせでもあったんやろか。いつまでも二人で暮らせると思っていたのに」

朝になり、葬儀業者が出入りした。

すぐに大阪から妻の姉が駆けつけてきた。ぼくは茫然自失で、妻に服を着せていなかった。

義姉は、「服を着せてあげなあかんわ」と言って、たんすから服を探した。

妻はいつも義姉からもらったお下がりの服を着ていた。ぼくは何度も「好きな服を買うたらどうや」と言った。そのたびに、妻はこう言うのだ。

「姉がええ服をくれるから、これで十分よ」

妻は衣服に対するこだわりが薄く、娘たちのジャージまで着ていた。ぼくが「それどうしたの？」と聞くと、「高校の時の体育着や。まだ十分着られるから」と答えた。

妻は義姉にワンピースを着せてもらい、葬儀場に運ばれていく。


二十三日が通夜、二十四日が葬式となった。

埼玉から駆けつけた長女は、遺体を前に泣きながら言った。

「だから夜遅く風呂に入ったらあかんて言うてたのに。何でそんな時間に入ったの」

ぼくは言った。

「お母ちゃんをしからんといたってぇな」

通夜を前に業者から、「化粧はいかがいたしましょうか」と問われた。特別料金となる。ぼくは「きれいにしてやってください」とお願いする。

学校の仲間や先生が焼香に来て、口々に声をかけてくれた。

「気を落としたらあかんで」

「困ったことがあったら、何でも言うてや」

しばらくしてみんながいったん引き上げ、ぼくは妻と二人きりになった。静まり返った会場にいると、四十三年間の思い出が浮かんでくる。

西宮での見合い、浮見堂でボートに乗った初めてのデート。読み書きができないとばれた時に、かけてもらったいたわりの言葉。娘たちが「お父ちゃんが字を書くの見たことない」と話した時、救ってくれた優しさ。ぼくが名前を書いた時、「よう頑張ったね」とほめてくれた。明るく生きてこられたのは、妻がいてくれたからだ。

「大きなけんかはせえへんかったな」と思った途端、たこ焼きを巡る思い出がよみがえった。

八個入りのたこ焼きを買った時、ぼくが五つ食べてしまい、妻から「お父ちゃん、うちの分、余計に食べてしもうてるやんか」としかられた。

「お義母さんの里を訪ねてみたい」と言われ、数年前に一緒に訪ねた時の思い出が、頭に浮かんできた。

妻はぼくの話を聴きながら涙を流してくれた。ぼくの痛みや喜びを、自分のことのように感じてくれた妻は今、遠いどこかに行ってしまった。

目の前にはひつぎがぽつんと置かれている。

改めてのぞき込む。化粧をしてもらった妻が静かに横たわっていた。

ぼくは叫んだ。

「皎ちゃん、きれいやで！　ほんまにきれいや！」

ぼくの声が響いた。

机の引き出しから持ってきた最後のラブレターを妻の胸に置いた。

「（天国へ行く）途中で読むんやで」

しばらく妻の顔を見つめながら、言った。

「あんまり早う、迎えに来たらあかんで」


ぼくは宗教にはほとんど関心がなく、特定の寺や宗派も持たない。地蔵さんを見かけたら手を合わせる程度だ。

葬儀では業者が手配した住職が戒名を書き、お経を上げてくれた。位牌を見ると、戒名は「皎月清照信女」だった。妻の名から「皎」の字をとり「月が清く照らす」を意味した。ぼくは位牌に向かって言った。

「皎ちゃんの名前、ちゃんと読めるで」

その日のうちに妻は骨になった。家の隅に小さな仏壇を作った。位牌と遺骨を置き、たこ焼きを供えた。

「全部食べてええからな」

時々、家のどこかで「ことん」と音がする。

「あっ、皎ちゃんが来てくれたんかな」

けんからしいけんかをしたことのない、仲の良い夫婦だった。

第十二章　新型コロナ流行下の卒業式

春日中学校夜間学級は当時、最長二十年で卒業しなければならなかった。二〇〇〇（平成十二）年に入学したぼくの場合、二〇二〇（令和二）年三月末が卒業の日になる。最後の作文でこうつづった。

> 僕は今年で卒業しますが、仕事の上では読み書きが出来ない事で人には言えない苦労をしました。
> でも僕には恵まれた事が沢山有りました。まず素晴らしい相手に出会えた事です。
> そうして先生方や沢山の方々に出会えた事です。
> 学校を卒業をするのはまわりの方々にずい分助けられました。
> 学校を卒業したらどんな人生があるのか楽しみです。僕は夜間中学校に出会って本当に良かったです。

担任（当時）の神木秀国先生は、ぼくのことをこう評してくれた。

〈西畑さんは、いよいよ今年卒業を迎えます。西畑さんは「夜間中学に出会って、自分の人生が変わった」といつも言っておられます。それゆえに、夜間中学の大切さを強く実感しています。依頼を受ければ、どこにでも出掛けていって、自分の体験や夜間中学での学びを熱く語ってきました。夜間中学のビラ配りにも休むことなく必ず参加してきました。

夜間中学の値打ちが西畑さんによって、体現されているように思っています。

高齢といっても、まだまだ精神的にも肉体的にも若々しい西畑さんには、卒業後も夜間中学に関わる活動に参加され活躍されることを期待しています。〉

世界に新型コロナウイルス感染が拡大するのは、最後の作文を書いてから年が明けた二〇二〇年一月だった。春には世界中の街が眠ったように静かになった。

日本も例外ではなかった。この感染症が広がり、政府は二月二十七日、全国の学校に臨時休校を要請する。

ほとんどの学校が三月二日以降を休みと決め、企業や役所は社員や職員に在宅勤務を推奨した。街を行き交う人の姿は減り、電車やバスも普段の混雑はみられなくなった。世界保健機関（WHO）は三月十一日、「パンデミック（世界的大流行）」を宣言する。ぼくと米田豊満さんの卒業式はその四日後に予定されていた。

米田さんは終戦から三年後、大阪府豊中市で生まれた。小学生のころ、父親が事業で失敗し、逃げるように母親の実家のある奈良に移った。貧しさから中学に通えなかった。

靴職人として夢中で働きながらも、頭の中にはいつも、義務教育を終えていないことへのコンプレックスが居座った。職場や地域で学校のことが話題になると、気づかれぬようその輪から離れたという。六十七歳で夜間中学に入学し、ぼくと仲良くなった。

例年なら、卒業式は在校生や教職員、家族が出席して盛大に開かれる。しかし、新型コロナの感染拡大で開催そのものが危ぶまれた。深澤吉隆教頭によると、先生たちが「二人に直接卒業証書を渡し、門出を祝いたい。やれる範囲で開きましょう」と言ってくれたらしい。在校生は参加せず、家族・親族で出席できるのは卒業生一人につき二人に制限された。ぼくの家族からは、次女が夫婦で出席する。

当日は朝からよく晴れた。式は午後六時からだ。学校は三月二日から休みに入っている。随分久しぶりの登校になった。

その日の午後、白いネクタイを巻き、礼服を着た。家を出る時、部屋の隅にある小さな仏壇に手を合わせ、妻の写真をかばんに入れる。同席してもらうつもりだった。

学校に着き、会場の講堂に入る。正面に「第41回　卒業式」と書いた紙がかかり、前方左手に色とりどりの花がいけてあった。ぼくは先生たちにあいさつした後、壁にはられた知人からのメッセージに目を通す。

浜田市立金城中学校（島根県）の生徒が書いてくれている。ぼくは以前、この学校で講演していた。

〈卒業おめでとうございます。私も高校に合格できました〉

〈私は第一志望の高校に合格し安心しているところです。これからも高校でがんばりたいと思います。お体に気を付け下さい〉

希望に胸を膨らませる中学生からの祝いの言葉を読んでいると、年の離れた「同級生」たちの笑顔が浮かんでくる。

かつての恩師、北村弘子先生からはこんな言葉が届いていた。

〈西畑さん、米田さん　ご卒業おめでとうございます
お二人と一緒に過ごせた楽しい日々がついこの間だったかのように感じられます
難しい事も克服しようと懸命に向かっておられる姿
納得いくまで意見や質問がたくさん飛び交った熱い教室
ここで学んでおられた時の眩しい笑顔

きっと多くの方が二人の姿を見て、学ぶことの意味を教えてもらったことと思います〉

ひらがなさえ読めなかったぼくが今、祝電の内容を理解している。

天理市立北中学校夜間学級（奈良県）の仲間たちからも祝福の言葉が届いていた。県内に三校ある公立夜間学級の一つだ。

〈心は晴れ晴れでしょうか。それともちょっとさびしいでしょうか？
もっと、夜間中学で学びたいと思う気持ちを、お持ちかもしれませんね。大人になってからの勉強は大変でしたよね〉

式の始まる午後六時になっても、米田さんの姿がなかった。先生が状況を説明してくれた。

「米田さんが渋滞に巻き込まれ、遅れるようです。少しお待ちください」

コロナ感染の拡大で、公共交通機関を避けて自家用車を使う人が増えたためだろうか。道路は普段以上に混んでいた。

米田さんが息を切らして講堂に駆け込んできた。深澤教頭が予定より約三十分遅れて開式を宣言し、ぼくたち二人を紹介した。いよいよ証書の授与になった。

この時ぼくは気づいた。

「あれ、皎ちゃんの写真を入れたかばんを持ってきてないがな。あほなことしてしもた」

控え室にかばんを置いてきてしまったのだ。

深澤教頭が名前を読み上げる。ぼくは坂本靜泰校長の前に進み、軽く頭を下げた。

「卒業証書　西畑保　中学校の課程を卒業したことを証します　令和二年三月十五日」

深々と頭を下げ、仰ぐように受け取った。

校長のあいさつの後、祝電が読み上げられた。


式が終わると、次女から声をかけられた。

「おめでとうございます」

「ありがとうございます。子どもに『おめでとう』と言うてもらうとは夢にも思わんかった」

「私の方こそ、まさか父親の卒業式に参加するとは思ってもみなかった。でも、無事に卒業できてよかったね」


ぼくは控え室に戻るとすぐ、かばんから妻の写真を取り出し、小さな声で謝った。

「ごめんやで」

妻の声が聞こえてくるようだ。

「こんなところに一人残して。お父ちゃんらしいけど」

自宅に帰り、埼玉に住む長女に電話をした。

「二十年かけて卒業したわ」

「よく頑張ったね。ご苦労さま」

卒業証書を位牌の横に置き、仏壇を前に手を合わせた。

部屋は静まり返っている。心の中でつぶやいた。

「この証書を一番喜んでくれているのは皎ちゃんや。無事卒業できた。ありがとう」

ちょっと上を見る。遺影はいつも通り笑顔だった。

おわりに

〈「私、手が離せへんから、あんた、回覧板にサインして持っていってくれへんか」

「………。(手が震えている) ごめん、ごめん、ごめん」

「何で謝るの?」

「実は字の読み書き習うてへんねん。ごめん、ごめんやで。字の読み書きできへんとわかったら、いろんな人に嫌われんねん。皎子さんにも嫌われると思うて、よう言わんかったんや。ごめん、ごめんやで」

「………」

「………」

「あんた、しんどかったんちゃうの。なあ、しんどかったな。何でもっと早く言うてくれへんの。言うてくれたら、私が読み書きを手伝えたんとちゃうの」〉

上方落語の笑福亭鉄瓶さんの落語「生きた先に」の一コマである。西畑保さんの人生を基に創作し、二〇二一(令和三)年から、高座にかけている。

話を作り上げていく過程で、鉄瓶さんは西畑さんの歩んだ時間を丁寧にたどった。

「つくづく思いました。『よう、この人、まともな人生を歩んできたな』と。あれほどの体験です。普通はコンプライアンスに反するような人間になるか、自死ですわ」

確かにあれほどの嫌がらせに遭い、社会的不平等に直面したら、不満の矛先を社会に向けても不思議ではない。あまりのつらさから将来に絶望してもおかしくなかった。

なぜ西畑さんは反社会的行動や自死の道を選ばなかったのか。鉄瓶さんはこう考えている。

「根っから明るい。底抜けの明るさがあるから乗り越えられたんかなと。読めもしないのに『慕集』という文字の形から、人を必要としていると推測して、店に飛び込む。たくましい生き方です」

西畑さんは最初にこの落語を聞いた時、目から涙があふれて仕方なかった。描かれているのは、自分の人生だ。それを聞いて、どうして涙したのだろう。

「つらかったころを思い出したんかな。聞いているうちにぐっときたんやね。そして、こんな自分のことを落語にしてくれるやなんて、幸せやなと思うてね。生きていて良かった。そう思ったら涙が出てきたんですわ」

私が西畑さんを知ったのは二〇二一年の秋だった。鉄瓶さんの創作落語を報じる新聞記事を読んだのがきっかけである。

春日中学校夜間学級に電話すると偶然、卒業したはずの西畑さんがいた。以来、週末を利用して奈良を訪ね、話を聞いては夜間中学の関係者と酒を飲んだ。西畑さん自身は下戸だが、いつまでも笑顔で付き合ってくれた。常に機嫌がよく、「ほんまにぼくは幸せですわ。妻に救われ、夜間中学に助けられました」と繰り返した。

西畑さんは実の父を知らない。子どものころに母を亡くし、親友だった「兄ちゃん」も失った。白いご飯を食べられないほどの貧乏で、学校では先生からも嫌がらせをされた。学校教育から見放され、読み書きを教わらないまま社会に出た。そのためにからかわれ、ばかにされた。鉄瓶さんが言う通り、怒りの牙を社会に向けても不思議ではなかった。それでも本人は「幸せですわ」と笑顔を絶やさない。

西畑さんはひどい扱いを受ける一方で、心温かな人たちとも交流した。朝鮮半島から来たオモニや、視覚障碍者の両親を持つ女の子、夜間中学の友人や先生。そして、妻と娘。そういう人々との付き合いを通し、人生のキャンバスを灰色から明るい色に塗り直してきた。

西畑さんの長女によると、妹との会話で「お父ちゃんが字を書いているところ、見たことないな」と言った記憶はないという。

西畑さんは夜間中学の作文でこのエピソードについて書いている。長女はそれを読んで初めて、父の気持ちを知った。

「最初、そんなことあったかなと思いました。うそなんやないの、と思ったほどです。私たちにとって、父が読み書きできないのは自然で、当たり前でした。恥ずかしいなんて感じたことはありません」

西畑さんがその後、いろいろなところでこのエピソードを紹介しているのを知り、「父にしてみれば、そのこと（字が書けないこと）が恥ずかしかったんかなと思いました」と言う。

読み書きできないのは父の個性だと考えてきた。

「私たち姉妹はごく自然なこととして受け止めていました。人には料理が得意な人も不得意な人もいる。スポーツが好きな人もそうでない人もいる。父は字の読み書きが得意ではないんやなと思っていた。個性のように思っていたんです」

西畑さんは穏やかな性格だ。姉妹は親から手を上げられた経験は一度もない。姉妹げんかをした時、少し大きな声で注意された程度だ。

親の夫婦げんかなんて見たこともない。互いの意見が食い違っても、激しい言い合いにはならない。暴力とは無縁の夫婦だった。長女によると、父は心から母を愛していた。

「私たちが母についてぐちを言うでしょう。すると父はいつも、『お母ちゃんも頑張っているんやから』とか言ってかばうんです。夫婦げんかもしなかった。少なくとも見たことは一度もありません。私自身が結婚して、それがいかにすごいことかわかりました」

西畑さんが夜間中学への入学を決めた時、長女は反対している。

「それまで父が勉強している姿なんて見たこともなかったんです。勉強に興味を持っているという話さえ、父はしなかった。『もう無理せんでもええやん』という気持ちでした」

父がそれほど読み書きできるようになりたいと思っているとは、想像もしていなかったのだ。

最初に作文を担当した松田秀代先生は、西畑さんの第一印象について「元気な方でした」と話した。

夜間中学に入学する者の多くは、学校への不信や、社会に対する気後れに似た感情を抱いている。西畑さんからは、それが感じられなかった。

「夜間中学で自身について最初からさらけ出す人はいません。悔しさや腹立たしさは胸の底にしまっています」

西畑さんにとって、いじめられた経験は簡単に口にできる記憶ではなかった。その後、打ち明けられるようになったのは作文の影響が大きい。松田先生は言う。

「生徒は教員と対話しながら作文を書きます。その過程で、学校に行けなくなった理由について問い直します。社会や家庭の事情について深く考え、口にする。それを聞いた周りの生徒が、

『自分も同じような経験をした』というような発言をする。そして次第に心を開いていくんです」

西畑さんの人生に大きな影響を与えたのは間違いなく「夜間中学（夜間学級）」との出会いだった。

日本は敗戦から二年後の一九四七（昭和二十二）年五月三日、新しい憲法（日本国憲法）を施行した。その二十六条一項はこう定めている。

「すべて国民は、法律の定めるところにより、その能力に応じて、ひとしく教育を受ける権利を有する」

さらに憲法よりも早く施行された旧教育基本法は、「すべて国民は、ひとしく、その能力に応ずる教育を受ける機会を与えられなければならないものであって、人種、信条、性別、社会的身分、経済的地位又は門地によって、教育上差別されない」とし、義務教育期間を九年と定めた。

しかし、戦前戦中を生きた人々の中には、貧困や社会的な混乱のため、学校教育を受けられない人は少なくなかった。

年齢にかかわらず、学びたい人にその機会を作るべきだとの声が強まり、教育者たちもその求めに応じた。歴史的、社会的、経済的な事情から義務教育を受けられなかった人たちの権利を、改めて保障しようと設置されたのが夜間中学だった。

教育基本法施行から半年後の一九四七年十月一日、大阪市立生野第二中学校（現・大阪市立桃谷中学校）に「夕間学級」が設置された。それを皮切りに横浜や神戸に夜間学級が開設され、その後、全国に広がっていく。法によって生まれたのではなく、市民が「運動」によって勝ち取った制度であり、一九五四（昭和二十九）年には全国八十七校で約四千三百五十人が学んでいた。

一方、政府はその後、夜間中学廃止にかじを切る。「学校教育法に定められていない学校は違法だ」との理由だった。一九六三（昭和三十八）年には荒木万寿夫・文部大臣が参議院の文教委員会で、「夜間中学をなくする努力をする」と発言し、一九六六（昭和四十一）年には当時の行政管理庁が文部省に夜間中学の早期廃止を勧告している。

夜間中学は一時期、「あってはならない学校」とされてきた。しかし、なくなった場合、学び直す機会を失う人は少なくなかった。そのため廃止は憲法に定める基本的人権の侵害だと考える人々によって、設置・維持を求める運動が展開される。

自身、夜間中学で学んだ高野雅夫さんは一九六七（昭和四十二）年、仲間たちとともに証言映画「夜間中学生」を自主制作し、全国行脚した。この運動が実り、大阪市立天王寺中学校などに夜間学級が設置され、奈良県の人々も通っていた。

しかし、大阪府教育委員会は一九七五（昭和五十）年十一月、夜間中学への入学資格を大阪府内の居住者に限った。この決定によって奈良からの通学生十二人が、翌一九七六（昭和五十一）年四月以降、学習する機会を奪われてしまう。

奈良の生徒を救おうと立ち上がったのは、大阪の教員たちだった。大阪市立天王寺夜間中学で教えていた岩井好子さんらが中心になって「奈良に夜間中学をつくる会」を結成した。

奈良県教委は当初、夜間中学について「設置は考えていない。社会教育で補える」との姿勢を崩さなかった。そんな逆風の下、私設の夜間中学（自主夜間中学）のために校舎を貸してくれる学校が現れた。学校法人正強学園（現・学校法人奈良大学）だった。

私立正強高等学校（現・奈良大学附属高等学校）の会議室を借り、入学式が開かれたのは一九七六年九月七日だ。二十六歳から五十一歳までの十二人が出席している。以降、週に四日間、国語と数学の授業が開かれ、生徒数も二十人を超えるようになる。

生徒の多くは勤務を終えてやってくる。空腹を満たす給食も提供された。最初はパンとミルク、十月からは温かいうどんがふるまわれた。これが評判となり、クラスは「うどん学校」と呼ばれた。

私設のため運営費の確保が課題だった。先生はみんなボランティアで教えた。給食費は寄付やカンパでまかなわれ、生徒たちはうどん以上にこの学校の温かさを感じていた。

自主夜間中学でこうしたやりとりが続く中、公立の夜間中学設置を求める運動はますます盛んになった。そして県は一九七八（昭和五十三）年、奈良市立春日中学校夜間学級の開設を決断する。開設当初はプレハブの四教室、生徒は七十四人、教師は六人だった。

文部科学省によると二〇二三（令和五）年四月時点で、十七都道府県に四十四の夜間中学（自主夜間中学をのぞく）が設置されている。つまり三十の県には夜間中学が一つもない。

政府は夜間中学の役割を認識し二〇一六（平成二十八）年、各県に最低一校の夜間中学を開校するよう促し、多くの県で今、設置準備が進んでいる。

西畑さんは自分の体験を映像のように記憶している。インタビューしていると、体験当時の情景を見ているかのように説明してくれた。文字のない世界に生きながら、目に飛び込む様子を映像として記憶したのかもしれない。

夜間中学で字を学んで以降、数多くの作文を書き、体験を紹介してきた。私が今回、この作品をまとめるにあたり、それが随分参考になった。

ただ、年代や日時、場所、体験談の細かな部分については、作文ごとにぶれがある。例えば、母の亡くなった時期について、西畑さんは作文や講演で、「小学校に入学する前」としている。しかし、公文書から母が亡くなった時、西畑さんは小学三年生だったとわかる。

不登校となった時期について、「小学三年生」としている作文もある。私は西畑さんから、その前後の様子や季節を確認する中で、「小学二年生の初めごろ」と判断した。随分前のできごとだ。無理を承知で一つひとつ、西畑さんと一緒に確認していった。二人で作り上げた原稿である。

西畑さんは、結婚してからラブレターを書くまでに三十六年五ヵ月の月日を要した。「三十七年目」ということになるが、本人は作文や手紙の中で「三十五年目」としている。そのため、この本のタイトルには「三十五年目」を使った。

本文を西畑さんの視点で書いたため、取材に応じてもらった人々の声を十分に紹介できなかった。

取材では、春日中学校夜間学級について米田豊満さん、深澤吉隆さん、次田哲治さん、神木秀国さん、杉本哲也さん、平塚道生さん、松田秀代さんにお世話になった。西畑さんの人生を紙芝居にした畑中廣之さん、落語家の笑福亭鉄瓶さんにもインタビューの時間を割いてもらった。岡山自主夜間中学校を運営する城之内庸仁さんは、西畑さんの卒業式に駆けつけている。式についても丁寧に説明していただいた。

西畑さんの長女と次女、弟の要さんにもお世話になった。情景を描写する際、みなさんから聞いた話や提供してもらった写真、動画が参考になった。心からお礼を申し上げたい。

書籍化に当たっては講談社の片寄太一郎さんにアドバイスをもらった。ありがとうございました。

西畑さんは「春日夜間中学を育てる会」の会長として全国各地へ講演に出掛け、夜間中学の必要性を説いている。

八十年ほど前に遊んだ「みなと」の兄ちゃんとの思い出は、今も西畑さんの胸にある。何十年ぶりかで田舎に行った時、墓を訪れると周囲はきれいに片付けられ、無縁仏になっていたという。

「誰も墓参りをする人がいなかった。悲しくなりました」

墓の跡で、こうべを垂れて静かに手を合わせた。

八十代も後半になった今も、記憶は鮮明で耳も遠くない。自宅近くの喫茶店で新聞を読み、パチンコをするのが日課である。

娘たちに心配をかけてはならないと運転免許証を返納し、今はバスに乗るか、米田さんや深澤さんたちの車で移動している。

私の携帯電話にはほぼ毎日、西畑さんからショートメッセージが届く。

〈今日は天気ですお元気ですか僕も元気です〉

〈今晩は米田さんが家の近くで足のけがで入院しました約40日ぐらいかからしです〉

〈今朝間違えメールでも仕分けありませんでした〉

〈今日は妻の誕生日です小ケーキ買います〉
〈おはよござささいます。お元気ですか毎日暑いです。今アイスコピーのんでいます〉
しばしば、くすっとさせられる。
西畑さんとのやりとりを通し、私は穏やかな気持ちになっていく。

二〇二四年三月一日、東京都北区の自宅にて

今では漢字で「愛」を書けるようになった。

自身の経験をもとに夜間中学の重要性を講演で語り続けている。
（撮影　船元康子）

主要参考文献

【新聞】
毎日新聞、朝日新聞、読売新聞、産経新聞、山陽新聞、奈良新聞

【雑誌】
女性セブン（２０２０年7月9日号）

【書籍】
『夜間中学へようこそ』（山本悦子著、岩崎書店）
『夜間中学生　１３３人からのメッセージ』（全国夜間中学校研究会第51回大会実行委員会編、東方出版）
『LONESOME隼人　獄中からの手紙』（郷隼人著、幻冬舎）
『ぼくら国民学校一年生』（七原惠史、林吉宏、新崎武彦著、ケイ・アイ・メディア）
『夜間中学からの「かくめい」　学びを創造する』（白井善吾著、解放出版社）
『戦後夜間中学校の歴史　学齢超過者の教育を受ける権利をめぐって』（大多和雅絵著、六花出版）
『生きる　闘う　学ぶ　関西夜間中学運動50年　大阪・天王寺開設の衝撃から』
（『生きる　闘う　学ぶ』編集委員会編、解放出版社）
『戦後日本の夜間中学　周縁の義務教育史』（江口怜著、東京大学出版会）

【記念誌・パンフレット】
『公立化30周年記念誌』（奈良市立春日中学夜間学級編）
『夜間中学　ゆれあい・まなびあい。　日本語講座』（奈良県・奈良県教育委員会）

小倉孝保（おぐら・たかやす）

ノンフィクション作家。滋賀県生まれ。1988年、毎日新聞社に入社。カイロ支局長、ニューヨーク支局長、欧州総局長、外信部長を経て論説委員。『柔の恩人「女子柔道の母」ラスティ・カノコギが夢見た世界』（小学館）で、小学館ノンフィクション大賞（2011年）、ミズノスポーツライター賞最優秀賞（2012年）をダブル受賞。2014年、乳がんの予防切除に道を開いた女性を追ったルポで日本人として初めて英外国特派員協会賞受賞。他の著書に、『十六歳のモーツァルト 天才作曲家・加藤旭が遺したもの』（KADOKAWA）、『踊る菩薩 ストリッパー・一条さゆりとその時代』（講談社）などがある。

撮影、写真データ制作　船元康子

35年目のラブレター

2024年4月16日　第1刷発行
2024年8月8日　第4刷発行

著者……小倉孝保
発行者……森田浩章
発行所……株式会社講談社
〒112-8001
東京都文京区音羽2-12-21
電話　編集　03-5395-3534
　　　販売　03-5395-3625
　　　業務　03-5395-3615
印刷所……株式会社新藤慶昌堂
製本所……株式会社若林製本工場
本文データ制作……講談社デジタル製作

KODANSHA

N.D.C. 916　286p　20cm　ISBN978-4-06-534849-9
JASRAC　出2400498-404